ミシェル・ド・モンテーニュ

モンテーニュ　エセー抄

宮下志朗編訳

みすず書房

モンテーニュ　エセー抄

目　次

モンテーニュ　エセー抄

読者に

読者よ、これは誠実な書物なのだ。この書物では、内輪《うちわ》の、プライベートな目的しか想定していないことを、あらかじめ、きみにお知らせしておきたい。きみの役に立てばいいとか、わたしの名誉になればいいといったことは、いっさい考えなかった。もっとも、わたしの力量では、そうしたくわだてなど不可能なのだが。わたしは、親族や友人たちの個人的な便宜のために、この本を捧げたのである。わたしが他界してから——やがて彼らは、このことに直面しなくてはいけないのだが——、この本に、わたしのありようや人となりをしのぶよすがを見いだして、わたしについての知識を、より完全で、生き生きとしたものとしてほしいのだ。

世間で評判になりたいのならば、わたしだって、もっと技巧をこらして、きらびやかに身を飾ったにちがいない。でも、そうした気づかいや細工なしに、単純で、自然で、ごくふつうのわたしという人間を見てほしいのだ。わたしは、このわたしを描いているのだから。ここには、わたしの欠点が、ありのままに読みとれるし、至らない点や自然の姿が、社会的な礼節の許すかぎりで、あからさまに描かれている。原初の自然の法にしたがって、いまだに幸福で自由な生き方をしている人々のなかで暮らしていたならば、わたしが、よろこんで、わが姿をまるごと、はだかのままに描いたであろうことは、きみに誓ってもいい。

つまり、読者よ、わたし自身が、わたしの本の題材なのだ。こんな、たわいのない、むなしい主題のために、きみの暇な時間を使うなんて、理屈にあわないではないか。(1)では、さらば。

モンテーニュにて。一五八〇年六月一二日。(2)

（1）この「献辞」全体が、いわゆる「よそおわれた謙遜」というトポスなのかもしれないが、ともかく、ここで確認すべきは、自己を描くという私的な「試み」が、そうした修辞の衣をまといつつ、高らかに宣言されていることだ。もちろん、そこには「普遍的な存在」（第三巻二章「後悔について」本書八八ページ）としてのわたし＝モンテーニュという前提ないし自負心が秘められている。そしてモンテーニュは、こうも書くのだ――「この何年間も、わたしは、ひたすらわたしを思索の目標に定めて、自分だけを検査し、研究してきた。（中略）なにかを描き出すといっても、自己を描くことほど困難なことはないのだし、また、これほど有用なこともない。それに、人前に出るとあらば、髪もとかさなくてはいけないし、身だしなみだってきちんとしなくてはいけない。いまでは、わたしなんぞ、たえず着飾っている。たえず自分を描いているからだ」（第二巻六章「修練について」）。

cf.「モンテーニュが自分のことを語っている一節をすべて削除するとしたら、厚さが三分の一は減ることだろう。実際、そうしてほしいと願った人々もいた。《みずからを描くなどという、おろかなくわだて!》と、パスカルは述べたではないか。でも、わたしの場合、この三分の一の部分こそ、とっておきたい。残りの三分の二は、おしゃべりばかりなのだから」（アンドレ・ジッド『モンテーニュによれば』）

「だからといって、見知らぬ読者に声が掛からぬわけではない。「読者」という資格を授けてもらえるのだが、あっという間に排除され、追い払われる。（中略）モンテーニュが最初、自分の読者に与える位置づけは、関わりのないことに首をつっこんでくる、「役に立つ」という配慮の外におかれた、招かれざる客のそれである。ところが、関係の否定、読者への別れが、実は関係の始まりである。なんとまあ気難しい関係ではないか。（中略）つまりモンテーニュは、何としてでも、無‐関係という基盤、断絶状況とか隔離状況という基盤の上に、関係を築くのが好きなのである」（J・スタロバンスキー『モンテーニュは動く』「そして、君は誰のために書いているのか」早水洋太郎訳、みすず書房）。

(2) 初版（一五八〇年）には、「一五八〇年三月一日」とあった（ちなみにモンテーニュは、二月二八日生まれ）。一五八八年版では、「一五八八年六月一二日」と訂正されたが、ボルドー本で、元の「一五八〇年三月一日」に戻されている。一五九五年版では、直しが中途はんぱなものとなっている。これに気づいた編者のグルネー嬢は、手書きで訂正をおこなう。そして一五九八年版では「一五八〇年三月一日」と直している。

悲しみについて

わたしは、悲しみという感情をもっとも知らない人間に属している。この感情を好きでもないし、それに重きをおいてもいない。ところが世間の人たちときたら、まるで示し合わせたように、悲しみに特別な好意をいだいて、これを敬っている。彼らは、知恵や道徳や良心を、悲しみで飾りたてているが、そんなものは、おろかで、奇怪な衣装にすぎない。イタリア人が、悪意のことを「悲しみ」と名づけたのは、この上なく適切なことなのだ(1)。というのも、悲しみとはつねに有害で、思慮に欠ける性質のものであって、現にストア派の哲学者たちは、悲しみは臆病にして卑しいものだとして、賢者たる者、このような感情をいだくべきではないとしているではないか。

とはいっても、次のような話もある。エジプト王のプサメニトゥスが、ペルシア王カンビュセスとの戦いに敗れて、囚われの身となったときのこと。目の前を捕虜となった自分の娘が下女の格好をさせられて通るではないか。水くみにやらされるのだ。これを見て、まわりの盟友は、みな嘆き悲しんだけれど、王は地面を見つめたまま、じっと黙っていた。やがて、息子が処刑されるために連れていかれるのを目撃しても、王は同じく平然としていた。ところが、家来のひとりが、捕虜たちにまじって連れていかれるのに気づくと、プサメニトゥス王は、自分の頭をたたき、悲嘆にくれたというのである[2]。

この話などは、先頃、わが国の王侯のひとりに関して見受けられたことと比較することができるかもしれない[3]。この方は、トレントに滞在されていたのだが、一門の支えであり、名誉でもあった長兄の訃報に接することとなり、ほどなくして、第二の頼みの綱であった弟の訃報を知るところとなった。だが公は、このふたつの衝撃を、模範的ともいえる毅然とした態度で堪え忍んだのである。ところが、その数日後のこと。家来のひとりが死ぬと、このできごとに打ち勝つことはできず、それまでの毅然たる態度をうち捨てて、哀悼の悲しみと哀惜の念に身をゆだねたという。このことから、最後の衝撃が、はじめて彼の心にぐさっと突きささったのだと考えた人もいたほどだ。しかしながら、本当のところはといえば、すでに悲しみに満ちあふれていたから、ほんの少しの悲しみをつぎ足すだけで、こらえにこらえていた堰《せき》が、一気に決壊してしまったのである。

そして、いわせてもらうならば、さきほどの話にしても、もしも次のような落ちがなければ、これと同じように考えることができたであろう。——カンビュセス王が、プサメニトゥス王に、あなたは息子や娘の不幸に動じなかったくせに、なぜ、ひとりの友人の不幸に対して、あれほどもろかったのかと尋ねたという。するとプサメニトゥス王は、「最後の悲しみだけは、涙によって表すことができようが、最初のふたつの悲しみは、いかなる手段をもってしても、それを表すことなどできないからだ」と答えたというのである。

そういえば、あの古代の画家[4]の創意工夫も、結局はこの主題に立ち戻るのではないのか。彼は、自分の命を捧げたイフィゲネイア〔アガメムノンの娘〕の姿を描くにあたり、その場に居合わせた人々の悲しみを、この純真無垢にして美しい娘の死に寄せる、各人の精神的な打撃に応じて表現することになった。ところが、その技巧のかぎりを使い果たしてしまったために、娘の父親の番になると、あたかも、いかなる姿をもってしても、これほどの悲しみなど表現しえないのだといわんばかりに、父親が顔をおおっている姿を描いたというのである。詩人たちが、最初に七人の息子を、ついで同じく七人の娘を失い、喪失の悲しみにうちひしがれた、あわれな母親ニオベを、ついに岩に変身した、つまり《悲しみにより、石と化してしまった》（オウィディウス『変身物語』）と表現したのも、同じ理由にほかならない。

それは、自分の力の及ばない、さまざまなできごとに押しつぶされてしまったときに、われわれを金縛りにしてしまう、あの陰鬱にして、声にもならず、なにも聞こえない、痴呆状態を表しているのだ。

実際、悲しみの力が極度のものとなると、魂そのものが大いに驚愕して、その自由な活動がさまたげられる。たとえば、突然にひどく悪い知らせが舞いこんだりすると、われわれは、なにかに押さえつけられて、身が凍ってしまったような気がして、少しも身動きできなくなるけれど、それから悲嘆の涙にくれて、気持ちがゆるんでくると、なんだかすっと解き放たれたような気持ちというか、ゆったりした気分になるではないか。

そしてようやくのことで、悲しみは、その声に道を譲ったのだ。（ウェルギリウス『アエネイス』）

ブダ近辺でおこなわれた、フェルディナント王(5)と、ハンガリー王ヨハン未亡人との戦いの際、ドイツ軍の隊長ライシャックは、ひとりの騎士の死骸が運ばれてくるのを見たという。だれもが、合戦におけるこの騎士の獅子奮迅の活躍ぶりを目の当たりにしていたから、彼も、ともにその死を嘆き悲しんだ。だが、ほかの者と同じく、彼もまた、いったいこの死者はだれなのか知りたくなって、甲冑《かっちゅう》を脱がせてみた。ことあろうに、わが息子ではないか。その場に居合わせた者の哀憐の情はいやました。ライシャックはただひとり、声も出さず、涙も流さず、立ちつくし、眉ひとつ動かさずに息子を見つめていたのだが、ついには、悲しみの強さにより、その生気までも凍りついて、ばたりと倒れると息をひきとったという。

恋人たちは、《自分は燃えるように熱いといえる人間は、まだ弱い火に焼かれているにすぎない》（ペトラルカ「ソネット」）といって、たえがたい恋の炎を、こんなふうに表現しようとする。

あわれなことに、恋は、わたしからあらゆる感覚を奪ってしまった。というのも、レスビアよ、きみを見たとたんに、わたしはなにもいえなくなってしまったのだ。心ここにあらずという感じで、舌はもつれ、激しい炎がからだじゅうを駆けめぐり、耳はがんがんと鳴り、両方の目を暗闇がおおってしまったのである。（カトゥルス『詩集』）

このような激しくも、焼けつくような興奮におそわれたときには、嘆きや信念を披露するのは適当とはいえない。というのも、精神は深い物思いに沈みこみ、肉体は恋にやつれて、ぐったりとしているからである。

こうして時には、恋人たちも思いがけず虚脱感におそわれる。快楽のさなかに、あまりに激しい情欲のせいで、麻痺してしまうことだってあるのだ。味わい、消化できる情熱とは、中庸をわきまえたものにほかならない。

> 小さな悲しみは口に出せるが、大きな悲しみは口をつぐむ。（セネカ『ヒッポリュトス』）

かと思えば、予期せぬ喜びというのも、われわれをひどく驚かせる。

> わたしが近づいていくのに気づき、周囲にトロイアの軍隊がいるのが分かると、この大きな奇蹟に仰天した彼女〔アンドロマケ〕は、身を固くし、その体からは熱が逃げていった。地面に倒れた彼女が言葉を発したのは、それからしばらくしてであった。（ウェルギリウス『アエネイス』）

カンナエ(6)での敗北から帰還した息子を見て、喜びのあまり死んでしまったローマの婦人や、うれしさのあまり死んだソフォクレスや僭主ディオニシオス、またローマ元老院が自分に名誉を授けたとの知らせを読んで、コルシカで亡くなったタルウァといった人々がいるけれど、これに加えて、われわれの時代の例を挙げるならば、教皇レオ一〇世が、今か今かと強く待ち望んでいたミラノ占領の報に接して、感きわまってしまい、高熱を出して死んだと伝えられる(7)。また、人間存在のもろさの著しい証拠として、古典古代の人々は、弁論家のディオドロスが、自分の学派の面々の前で、しかけられた議論をうまく切り抜けることができずに、これをひどく恥じて、苦しみのあまりその場で絶命したことを指摘している(8)。

だがわたしの場合、こういう激しい衝撃におそわれることはほとんどない。生まれつき、感じ方がにぶくて、おまけに、これを日々、理屈という外皮でおおって、ぶあつくしているのだから。

（第一巻二章）

（1）イタリア語の tristezza には、「悲しみ」と「悪意」というふたつの意味がある。ちなみに形容詞ならば triste が「悲しい」、tristo が「悪意ある」と使い分けるものの、稀に前者が「悪意ある」の意味で用いられることもみられる。

（2）ヘロドトス『歴史』。

（3）ロレーヌ枢機卿シャルル・ド・ギーズのこと。トレントは北イタリアの都市で、ここではトレント公会議（一五四五―六三）をさす。長兄は「向こう傷」とあだ名されたギーズ公フランソワで、宗教戦争が始まるとカトリック側の首領として行動し、殺害されたが、その一〇日後、クリュニー修道院長だった弟フランソワ・ド・ロレーヌも死んだ。

（4）画家の名はティマンティス。この逸話は、プリニウス『博物誌』などが伝えていて、一六世紀にはよく知られていた。

（5）カール五世の弟のフェルディナント一世のことか。出典はパオロ・ジョヴィオ『同時代史』（一五五〇年）。

（6）現在の名称はカンネ（Canne）。アドリア海に面した古代都市。ローマ軍が、ハンニバル率いるカルタゴ軍に敗れたのである（前二一六年）。

（7）出典はグイッチャルディーニ『イタリア史』だが、グイッチャルディーニは「毒を盛られたという、大いなる疑いがある」とも付け加えている。
（8）プリニウス『博物誌』。

われわれの幸福は、死後でなければ判断してはならない

人はつねに最後の日を待たなくてはいけない。死んで、遺骸を埋葬しないうちは、だれもしあわせだなどとはいえない。（オウィディウス『変身物語』）

このことにまつわるクロイソス王[1]の話は、子供だって知っている。王はキュロス王[2]に捕らえられて、死刑に処せられたのであったが、処刑のときに、「おおソロン[3]よ、ソロンよ」と叫んだという。このことを聞きつけたキュロス王が、いかなる意味なのだと尋ねると、クロイソスは、「自分がこのようなざまとなって、昔、ソロンがわたしにした忠告は本当だったのだと、身にしみてわかったのだ」と答えた。ソロンは「運命がいかにいい顔をしてみせてくれても、人生の最後の日がすぎないうちは、自分は幸福だったなどといってはなりませぬ。人間の身におこることがらは不確かで、うつろいやすいから、ほんのわずかなきっかけで、正反対の状態にがらりと変

わってしまうものなのです」と戒めたというのである。

まったくのところ、そのとおりなのだ。だからアゲシラオス[4]も、ある人がペルシア王について、「ものすごく若いのに、あれほど強大な地位につくとはしあわせだ」というと、「たしかにそうかもしれない。だが、あのプリアモス[5]だって、あの年齢のころは不幸ではなかったぞ」と答えたのである。やがて、偉大なアレクサンドロス大王の後を継いだマケドニア王のなかには、ローマで指物師とか書記になった者が出るのだし、シケリア（シチリア）の僭主には、コリントスで教師となった者もいるのだ。世界の半分を征服して、あれほどの大軍の最高指揮官となった者も、エジプト王のへぼ役人に、あわれに嘆願してまわるめぐり合わせとなった[6]。五、六か月、いのちが延びたことで、あの偉大なポンペイウスが、これほどの高い代償を払ったのである。

われわれの父の時代においても、長期にわたりイタリア全土を震撼させた、あの一〇代目のミラノ公ルドヴィコ・スフォルツァにしてからが、ロッシュで獄死をとげたではないか[7]。それも一〇年間も牢獄につながれたあげくの死なのだから、これはもう最悪の取引というしかない。キリスト教国最大の王の未亡人にして、もっとも美しき女王様[8]だって、つい最近、刑吏の手にかかって死んだではないか。この仕打ちの、なんと卑劣にして、野蛮であることか。こうした実例は、枚挙にいとまがない。激しい風雨が、堂々と高くそびえる建物にくってかかるように、どうやら天上には、地上の権勢をねたむ精霊がいるらしいのである。

そのはては、隠れた力が人間のいとなみをおしつぶし、執政官のみごとな束桿《そくかん》と、残酷な斧とを足蹴《あしげ》にして、それを嘲笑しているように思われる。(ルクレティウス『事物の本性について』(9))

運命は、われわれが長い年月をかけて築きあげたものを、一瞬のうちに崩壊させる力が、自分にはあるのだぞと見せつけたいがために、われわれの生涯の最後の日というチャンスを虎視眈々《こしたんたん》とねらっているのかもしれない。そしてわれわれに、ラベリウス(10)のように、《ああ、今日という日、わたしは本来あるべき寿命よりも一日だけ長生きしてしまったのだ》(マクロビウス『サトゥルナリア』)と嘆かせようというのだ。

なるほど、ソロンのりっぱな忠告がこのように受け取られても当然かもしれない。だがソロンは哲学者なのである。運命の寵愛を受けようが、その不興を買おうが、それは幸福や不幸として格付けされるわけではないし、権力とか威光にしても、どうでもいいような特性なのだから、ソロンはまずまちがいなく、もっと先を見ていたにちがいないと、わたしは考える。つまり彼は、「われわれの人生の幸福というものは、生まれのよい精神が、はたして平静でいられるのか、満足できるのかといったことにかかっているし、規律正しい精神が、確信をもって、決然としていられるのかにもかかっている。とはいえ、人生という芝居の最後の幕を見とどけないかぎり、この人は幸福であったというべきではない。死という終幕こそは、たぶんもっともむずかしいのだから」といいたかったのだと思うのだ。

死のほかは、なにごとでも仮面をつけることができる。つまり、哲学というりっぱな言説《ディスクール》にしても、われわれの場合は、ただの見かけだおしにすぎないことだってある。あるいは、さまざまなできごとにぐさっと急所を突かれることがなくて、おかげで、いつでも余裕たっぷり、落ちついた顔ができているのかもしれない。だが、死とわれわれが主役を演じる、この大詰めにおいては、もはや見せかけもなにもなくて、率直にやりあうしかない。壺の底にたまった、まじりっけなしのものを見せるしかないのだ。

というのも、このときになってはじめて真実の声が、胸のうちからはき出され、仮面ははぎとられて、本当の姿が残るのだから。（ルクレティウス『事物の本性について』）

したがって、われわれの人生のあらゆる行為も、この最後の瞬間という試練を受ける必要がある。これぞ最重要の日、他のすべての日々を裁く日にほかならない。昔のある人[11]がいったように、「わが過ぎ去りし年月のことごとくに判決をくだす日」なのである。わたしの思索の成果も、死という試練にゆだねられる。わたしの言説《ディスクール》が口先だけのものなのか、心からのものなのかもはっきりするというわけだ。

その死にざまによって、全生涯の評判をよくしたり、あるいは逆に悪くした人々を、わたしはたくさん見てきた。ポンペイウスの義理の父親であるスキピオ(12)は、そのみごとな死にざまによって、それまでの世間の悪評をいっきょに払拭した。エパミノンダス(13)は、カブリアスとイフィクラテスと彼自身のうちで、だれがもっとも偉いと思うかと聞かれて、「死んでみなければ、それは決められない」と答えた。まったくのところ、死に際のりっぱさや偉大さを見ることなく、その人を評価するようなことをすれば、その人からずいぶん多くを奪うことになりかねない。もっとも、わたしの時代の三悪人(14)は、どう考えても、じつに卑劣にして唾棄すべき生涯をおくったのではあるが、規律正しく、あらゆる点で揺るぎのない大往生をとげている。神様は好きこのんで、そのようになさったというしかないが。

またなかには勇ましく、幸運な死というものもある。めざましいばかりの栄達の道を歩んでいたのに、その花の盛りに、死によってぷっつりと糸を切られてしまった人を、わたしは見たことがある。その最期がいかにも華々しいものであったから、わたしの考えでは、彼の熱烈で、野心にもえた意志も、その中断ほどの高さには及ばなかったのではないのか(15)。彼は、みずからが望んだところに、そこに行くことなく到達したのだ――しかも、自分が期待した以上に、りっぱに、そして栄光に包まれて。走り続けて到達することを念じていた権威と名声とを、彼は、横死することで凌駕したのだった。

その人の人生について判断をくだすとき、わたしはいつでも、最後の死にざまに注目する。わたしの人生における主たる関心とは、最後がみごとに運ばれること、すなわち、静かに、こっそりと死んでいくことにほかならない。（第一巻一九章）

(1) 小アジアのリュディア王国の最後の王。砂金の生産・交易で莫大な富を手にし、伝説的な存在となった。ヘロドトス『歴史』の主役のひとり。ただし、哲学者ソロンとの関係については確証はない。

(2) アケメネス朝ペルシアの建国の王。

(3) エピクロス学派の祖。以下の話は、プルタルコス『対比列伝』「ソロン」などが伝えている。

(4) スパルタ王で、小アジアのギリシア諸都市を、ペルシアから解放すべく、遠征した。以下は、プルタルコス『対比列伝』からの借用。

(5) トロイア戦争でギリシア軍に滅ぼされたとされる、伝説のトロイアの王。

(6) ポンペイウスは、テッサリアのファルサロスでの決戦で、義父のカエサルに敗れ、エジプトに逃れたが、殺された。

(7) ルドヴィコ・イル・モーロは、フランス国王ルイ一二世に敗れて、トゥール東南の町ロッシュの城塞に幽閉され、一五〇七年に死んでいる。

(8) フランソワ二世に嫁した、スコットランド女王メアリー・スチュアートのこと。夫の死後帰国したが、カトリック派としてエリザベス女王と対立、一五八七年に絞首刑となった。

(9) 束桿の原語は、fascis「束」。細い棒を赤いひもで束ねて、斧をはさんだもの。古代ローマの執政官職、つまり権力の象徴であった。イタリア語では「束」は fascio で、「ファシズム」fascismo もこれに由来する。なお、ルクレティウス『事物の本性について』は、モンテーニュの手沢本が最近発見され、多くの興味深い書き込みが復刻された。cf. M. Screech, *Montaigne's Annotated Copy of Lucretius*, Droz, 1998.

(10) ローマの騎士にして、ミモス(無言道化芝居)の作者。カエサルを風刺したため、彼の面前で演技を命じられたときのことばとされる。

(11) セネカ『書簡集』。

(12) ローマの政治家で、ポンペイウスの最初の妻マルキアの父。ポンペイウス派として、アフリカで抵抗するも自決した。

(13) 古代ギリシア、テーベの将軍・政治家。以下ふたりは、アテナイの名将。モンテーニュにとって、エパミノンダスは、もっとも勇気ある軍人であった。

(14) だれをさすのか不明。

(15) モンテーニュの莫逆の友ラ・ボエシーのことと考えられてきたが、最近では、ギーズ公アンリをさすともいわれる。ギーズ公アンリは王位を狙ったものの、一五八八年、アンリ三世によりブロワ城で殺された。

一方の得が、他方の損になる

アテナイの人デマデス(1)が、その町のある男を有罪とした。埋葬に必要な品々を商っているというけれど、暴利をむさぼっているし、おまけに、たくさんの人が死ぬことで利益を得ているではないかというのだ。でも、この判決はまちがっているように思われる。というのも、なにごとも他方が損することで、はじめて一方が儲かるのであって、デマデスのように考えてしまったら、あらゆる利益を有罪とする必要が生じてしまうではないか。

若い人たちが浪費してくれるから、商人は商売が繁盛するのだし、麦の価格があがれば農民が、建物がこわれれば建築家がもうかるのだ。そして、裁判官や検察官だって、訴訟やもめごとがあればこそ、商売が成り立つのである。聖職者の名誉とか仕事にしても、われわれの死や悪徳のおかげではないか。「医者ならば、友人が健康であっても喜ぶようなことはないし、兵士ならば、自分の町の平和でもうれしくはない」と、ギリシアの喜劇詩人もいっている(2)。もっと悪いことには、人が、その心の奥底を探ってみるならば、心のなかで願っていることの大部分が、他人を犠牲にすることで生まれ、はぐくまれていることに気づくはずだ。

こんなことを考えていて、わたしはふと、自然というものは、こうした点に関しても、その普遍的な秩序に背馳《はいち》していないのだと思ったのである。というのも、自然哲学者たちは、各事物の生誕、発育、増加は、他の事物の変質や腐敗にほかならないと主張しているのだから。

なぜならば、なにものであっても、それが変化して境界を越えたならば、それは先立つものの死にほかならないのだ。（ルクレティウス『事物の本性について』）

（第一巻二二章）

（1）政治家にして雄弁家。なお本章は、『エセー』でもっとも短いものである。

（2）フィレモンのことだが、その作品はすべて失われた。

みずからの名声は人に分配しないこと

世の中には愚かさのきわみといえるようなことがたくさんあるけれど、そのなかでも、もっとも広くいきわたっているのが、名声や栄光への関心である。われわれは、このことにこだわり、富や、心の安らぎや、生命や健康など、現実的にして実質的な幸福を捨ててまで、このむなしい幻影を、実体もなく、つかまえることもできない、名声という単なることばを追い求めるのだ。

名声は、甘い声によって、うぬぼれた人々を魅惑するし、いかにもすばらしいものに見えるけれど、それはこだまするだけのもの、ただの夢にすぎない。いや、それは夢の影にすぎないのであって、風が少し吹いただけで、どこかに消えてなくなってしまうのだ。（タッソー『解放されたエルサレム』）

人間がいだく無分別な思いのなかでも、こうした感情ばかりは、哲学者でさえ、なににもましてたちきるのが容易ではなく、いちばん最後になりがちなものなのだ。つまり、もっともたちが悪く、しぶとい考え方なのである。《というのもそれは、りっぱに進んでいる心をも、いつまでも誘惑し続けるからだ》（アウグスティヌス『神の国』）。理性によって、そのむなしさをこれほどはっきり非難されている感情も、めったにない。とはいえ、こうした名誉欲のようなものは、われわれの心のなかにしっかり根をおろしているのだから、これをきっぱりと払いのけることのできた人間がいるのかといえば、それは疑わしい。そんな気持ちはありませんよと、いくらいったり、思ったりしても、そのあとから、あなたのこの理性的な考え方にさからうようにして、心の奥底に、どうにもたちうちできない気持ちが生まれてしまうのだ。

キケロもいったとおりであって、そうした欲望を非難攻撃する人にしても、そのことを書いた書物の表紙に自分の名前を載せたいと思うのだし、名誉を軽蔑したことを、自分の名誉にしようとするのだ[1]。名誉以外のものは、すべてやりとりができる。友人が窮しているとあらば、われわれは財産や生命までも貸してあげるけれど、自分の名誉を分けたり、栄光を他人に授けることは、めったにみられない。

カトゥルス・ルクタティウス〔ローマの軍人・政治家〕は、キンブリ人〔ゲルマン民族のひとつ〕との戦いで、敵を前にして逃げようとする兵士たちを引き止めるために、あらゆる努力を払ったのであったが、最後には、逃亡する兵士たちにまじって退却した。いわば臆病者をよそおったわけだが、これは、兵士が敵前逃亡したのではなく、自分たちの指揮官にしたがったのだと見えるようにしてあげたのだ。つまり彼は、他人の恥をかばうために、自分の名声を捨てたことになる。

あるいはまた、これは一五三七年のこと、カール五世〔スペイン王としてはカルロス一世〕がプロヴァンスに攻めこんだときのことである。アントニオ・デ・レイバは、皇帝がこの遠征を決意したのを見てとって、これは主君にとってはすばらしい名誉になると考えたものの、わざと反対意見を述べて、遠征を思いとどまらせようとしたという。なぜかといえば、この決定の名誉と栄光が、ことごとく主君に帰せられるようと考えて、「皇帝は知略と洞察力にすぐれておられるから、一同の反対をおしきって、このみごとなる計画を実行なさったのだ」といわれるようにはからったのだ。要するに、みずからの名誉を犠牲にして、皇帝の栄光を高めたことになる。

ブラシダスが戦死したとき、トラキアの使節団がその母親をなぐさめようとして、大いにほめたたえ、「ブラシダス亡き後、彼に匹敵する者はおりません」とまでいったという。すると母親は、一個人に対する賞賛は、国家にお返しすべきものですと、これをこばみ、「こうしたことは申してはなりません。スパルタの国には、息子よりも偉大にして、勇敢な市民がたくさんいることは存じております」といったという。[2]

クレシーの戦い[3]の際、まだ若いウェールズ公〔エドワード黒太子のこと〕は、部隊の前衛で指揮をとっていた。

両軍が衝突する主戦場が、まさにその地点であった。ウェールズ公の側近の貴族たちは、自軍が苦戦におちいるとみるや、エドワード国王〔エドワード三世〕に使者を送り、助けを求めた。息子の様子をたずねた国王は、元気で馬上にあらせられますという返答を聞くと、「王子は、これほど長くもちこたえたのだ。こちらが出向いて、せっかくの戦さの勝利という名誉を、彼から奪うような余計なことはすまい。いかなる危険があろうとも、勝利はすべて彼のものとしてやりたい」といった。そして王は、自分も行かなかったし、援軍も送ろうとはしなかったという。自分が出向いていけば、人々は、助けがなければ全滅していたといって、この武勲の功績が王にあることにされてしまうとわかっていたのだ。《いちばん最後に投入されたものが、とかく、すべてを決定したように思われがちなのである》（ティトゥス・リウィウス『ローマ建国史』）。

ローマでは、多くの人々が、スキピオの大きな手柄は、なかばラエリウスのおかげだと考えていたし、広くそのようにいわれていた。ところがラエリウスときたら、つねにスキピオの偉大さと栄光を支え、補佐することに徹して、自分の名誉になど少しも関心がなかった。[4] またスパルタ王のテオポンプスは、「おみごとなる統治のゆえに、国家も安泰なのですぞ」といわれて、「いや、むしろ人々の服従の仕方がみごとだからだ」と答えたという。

貴族の身分を継いだ女性たちは、女性であるにもかかわらず、貴族裁判権の管轄となる訴訟に列席して、意見を述べる権利を有していたけれど、これと同じで、聖職者である貴族は、聖職という身分ではあっても、戦時には国王を補佐することを求められた。それも、友人や召使いはもとより、みずからも戦いに赴く必要があった。そうした次第で、ブーヴィーヌの戦い[5]において、ボーヴェ司教フィリップは、フィリップ・オーギュスト王にしたがって、たいそう勇敢に立ち働いたという。とはいえ、この激しくも、血なまぐさい戦闘の成果と栄光にはかかわるべきではないと思われた。そこで、その日も、みずから幾人もの敵を屈服させたものの、最初に出会った貴族の手に引き渡し、のどをかっ切るなり、捕虜にするなり任せて、自分では手をくださなかった。このようにしてソールズベリー伯のウィリアムも、ジャン・ド・ネール殿〔ピカルディ・フランドルの領主〕に引き渡された。ところがネール殿にも、似たような良心のためらいがあって、敵をなぐり殺しはしても、斬り殺すのはいやだったという。そこでどうしたかというと、もっぱら棍棒でたたかったといわれる。そういえば、これは今の時代のことだけれど、ある人が、司祭に手をかけたといって国王のおとがめを受けたことがある。するとこの男、断固としてこれを否定すると、自分は坊さんを打ちのめして、足で踏みつけてやっただけだと反駁したという。

（第一巻四一章）

（1）キケロ『アルキアース弁護』、『トゥスクルム荘対談集』。
なお、この一節は、パスカルが借用・敷衍している。「虚栄はかくも深く人間の心に錨をおろしているので、兵士も、従卒も、料理人も、人足も、それぞれ自慢し、自分に感心してくれる人たちを得ようとする。そして哲学者たちでさえ、それをほしがるのである。また、それに反対して書いている人たちも、それを上手に書いたという誉れがほしいのである。彼らの書いたものを読む人たちは、それを読んだという誉れがほしいのだ。そして、これを書いているわたしだって、おそらくその欲望を持ち、これを読む人たちもおそらく…」(『パンセ』ブランシュヴィック版一五〇／ラフュマ版六二七、前田陽一・由木康訳、中公文庫)。なお、パスカルが所持していた『エセー』は一六五二年版(パリ、ピエール・ル・プチ)であって、これは、拙訳の底本となった、グルネー嬢編の一五九五年版の流れを汲むテクストである。

(2) ブラシダスはスパルタの将軍。プルタルコス『モラリア(倫理論集)』「スパルタ人名言集」から。

(3) 一三四六年、イギリスのエドワード三世は、ピカルディ地方のこの地で、フランスのフィリップ六世に大勝利を収めた。

(4) プルタルコス『モラリア』「国事を司る人々への教え」等。ラエリウスは、ローマの執政官で、小スキピオの親友。雄弁家としても名をはせたが、教養も比類がなく、「賢者」とよばれた。キケロ『友情について』の主人公として有名。第三巻一三章「経験について」(本書二一二ページ)でも、スキピオとラエリウスの仲のよさが語られる。

(5) ブーヴィーヌは、フランドルの寒村(現在はノール県)。一二一四年七月二七日、フランス国王フィリップ・オーギュストは、この地で、ドイツ皇帝オットー、フランドル伯フェルディナンド、ブーローニュ伯ルノー、ソールズベリ伯ウィリアムなどの連合軍を撃退した。フランス王権の基礎をきずいた戦いとして有名。cf. ジョルジュ・デュビー『ブーヴィーヌの戦い』松村剛訳、平凡社。

匂いについて

たとえばアレクサンドロス大王がそうだけれど、ある人々の汗は、かぐわしき匂いを発散したといわれる。それはめったにない、特異な体質によるものらしく、プルタルコスなどが、その理由を探求している。(1)けれども、体のしくみというのは、ふつうはこれと反対であって、もっともいい状態とは、なにも匂いがしないときなのだ。もっとも澄んだ息をかいだときの気持ちよさにしても、健康な子供の息のように、いかなる匂いも感じられない場合に比べるならば、優れたところなど少しもない。プラウトゥスが、《女は、なんの匂いもしないときが、もっともかぐわしい》(『幽霊屋敷』)というのも、同じ理由なのだ。いい匂いの香水をつけていると、逆にその人をうたがって、その部分の生まれつきの欠点でも隠すために使っているのではないかと思ったりするけれど、もっともな話である。昔の詩人たちのいう、「いい匂いは、くさい匂い」という警句にしても、ここから来ている。

コラキヌスよ、おまえは、わたしたちが匂わないと笑うが、わたしは、よく匂うよりも、なにも匂わないほうが好きなのだ。（マルティアリス『エピグラム』）

また、こんないいかたもある。

ポストゥムスよ、いつもいい匂いをさせている人は、つーんと匂っているにすぎないのだ。（マルティアリス『エピグラム』）

とはいっても、わたしは、かぐわしい匂いに包まれているのがすきだし、いやな匂いは大嫌いで、だれよりも遠くから、それをかぎつけてしまう。

というのもポリプスよ、わたしの鼻はとても敏感であり、毛深い脇の下の、雄ヤギのようなむかつくにおいなど、嗅覚のすぐれた猟犬が、イノシシの潜む場所をかぎつけるよりも、すばやく分かってしまうのだ。（ホラティウス『エポデス詩集』）

わたしにとっては、もっとも単純で自然な匂いこそ、もっとも心地よい。こうした気くばりは、とりわけ女性にあてはまる。ひどく粗野な状態にあっても、スキュタイ〔ユーラシアの騎馬遊牧民〕の女性は、体を洗ったあとで、その土地でできる、芳香性の薬のようなものを、全身と顔にふりかけたり、塗りつけたりしたという。でも、男たちに近づく段ともなれば、この化粧を落とし、すべすべの肌から、よい匂いをただよわせたという。

どんな匂いでも、すぐにそれがわたしにしみついて、わが肌がそれをみごとに吸収してしまうのは、驚くべきことだ。自然は、人間に対して、匂いを鼻にまで運ぶ器官を与えなかったといって、文句をいうのはまちがっている。なぜなら、匂いとは自然に運ばれてくるものなのだから。もっともわたしの場合は特に、このたっぷりと生えた口ひげが、その役目を果たしてくれる。手袋やハンカチを口ひげに近づけたりすると、その匂いが一日中とれない。どこに行っていたのかも、ひげのせいで分かってしまう。あの青春の日々の濃厚なキスも、おいしくて、飽くことをしらぬ、ねっとりとした感触が、あのころは、何時間たってもそこに残っていたものだ。

ただし、わたしの場合、人との交わりによってうつり、空気によって感染する流行病には、かかりにくい。われわれの時代には、あちこちの都市や軍隊などで、さまざまの病気がはやったけれど、それにもかからずにすんだ。そういえば、ものの本によると、ソクラテスは、疫病がアテナイの町を幾度となく苦しめた時期に、一度も町から逃げ出すことがなかったのに、彼だけが病気にならなかったという。[2] 思うに、医者たちは、今よりももっと、匂いを活用できるのではないのか。というのも、匂いが、その性質に応じて、わたしを変え、わたしの精神に働きかけるということを、しばしば経験しているのだ。したがって、教会で香を使うことがずいぶんと昔に考え出され、それがあらゆる国や宗教に広まったけれど、それは、われわれの感覚を喜ばせ、活発にし、浄化して、瞑想をおこなうのにふさわしい状態にするためなのだと説明されると、わたしも確かにそうだと思ってしまう。

こうしたことを判断するためにも、いろいろな料理の味を、異国の香料を使って引き立てることができる料理人の技術を、自分なりに習得しておけばよかったとつくづく思う。この技術は、われわれの時代に、皇帝カール五世と会談するため、チュニスの王がナポリに上陸した際に供された料理によって、とりわけ注目を集めた。チュニス王の料理人たちは、料理に、いい匂いの薬味を詰めたのだったが、それは実に豪勢なものであって、彼らの流儀で料理すると、クジャク一羽とキジ二羽だけで、一〇〇デュカートもかかったという。そしてできあがった料理が切り分けられると、食堂のみならず、宮殿のあらゆる部屋に、さらには近隣の家々にまで、なんともいい匂いが立ちこめて、しばらくは消えることがなかったのである。[3]

宿に泊まるときに、わたしがいちばん気をつけるのは、いやなにおいのする、重苦しい空気を避けることだ。ヴェネツィアとパリという、ふたつの美しい都には、特別の愛着をいだいているけれど、ヴェネツィアは沼地のせいで、パリは泥のせいで、鼻につーんとくるのが玉に瑕《きず》である。

（第一巻五五章）

（1）プルタルコス『対比列伝』「アレクサンドロス」など。
（2）ディオゲネス・ラエルティオス『ギリシア哲学者列伝』「ソクラテス」。
（3）パオロ・ジョヴィオ『同時代史』。

年齢について

わたしには、われわれが寿命を定めている、そのやりかたというのが、どうにも受けいれがたいのだ。そもそも賢者たちは、一般的に通用している寿命なるものにくらべると、これをずっと短かくみているではないか。小カトーは、自殺を思いとどまるようにいわれて、「なんだって。わたしが、そんなに早くいのちを惜しんではなりませんなどと非難されるような年齢だとでもいうのか」と言い返したという(1)。でも彼は、まだ四八歳にしかなっていなかった。それなのに、その年まで生きられる人間が少ないことを思い、成熟の年齢にして、もう高齢だと考えていたのだ(2)。またなかには、はたしてどれだけの長さだか知らないけれど、人間には自然の寿命があって、なんとかまだ何年間かは長く生きられそうだと思っている人もいる。もっとも、人間というのは、生まれつき、いろいろと災難に見舞われるのが運命なのであるから、そうした災難をうまく免れる特権でももっていなければ話になりはしない。いくら長生きを期待したって、そんなものは、不意にとぎれてしまうものなのだから。

ものすごく高齢まで生きて、老衰で死ぬことを期待したり、そこまでは生きるぞと目標を定めるなんていうのは、じつにおろかなことだ。そんな死に方はめったにないし、少しもふつうのことではない。ところがわれわれは、そうした死にかぎって自然な死に方と呼んでいる——まるで、高いところから落ちて首を折ったり、難破しておぼれ死んだり、ペストや肋膜炎にやられて死ぬのが、いかにも自然に反することだといわんばかりに。ふつうの生き方をしていれば、こうしたわざわいになど出くわさないとでもいいたげではないか。こんな美辞麗句におどらされてはいけない。むしろ、一般的で、ふつうで、どこにでも見られることを自然と呼ぶべきではないのか。老衰で死ぬなどとは、めったにない、ユニークで、異常ともいえる死に方なのであって、そのぶん、ほかの死に方よりも不自然なものなのだ。それは最後の死に方、究極の死なのであって、はるか遠くにあるだけに、期待できるような死とはいえない。それはまさしく、その先までは行けないような境界であって、自然の掟が、そこを越えてはならないとした境界にほかならず、そこまで長生きする特権など、めったに与えてもらえない。自然は、二、三〇〇年に、たったひとりといった割合で、まさに特段のはからいにより、この特典を与え、生まれてから死ぬまでの長い人生行路のあちこちにばらまいた、障害物やら関門やらを取り除いてあげるにすぎない。

こんな次第だから、自分がいま達している年齢そのものが、ふつうはあまりそこまで到達できない年齢なのだと考えるべきではないのかというのが、わたしの意見ということになる。[3] ふつうの成り行きだと、ここまで来られないというのだから、これは、ずいぶん先まで生きてきた証拠なのだ。通常の境界線――これこそ、われわれの本当の寿命ということだが――を、もう越えているのだから、もっと先まで行こうなんて期待すべきではない。世の中の人々が、その途中でつまずくのを見てきたではないか。随所にころがっている死の機会をうまくのがれて、ここまで長生きさせてもらったからには、ふつうの習慣からははずれた、この異例ともいえる運命が、この先それほど続くわけがないと悟ってしかるべきではないのか。

法律では、二五歳未満の者には財産の管理が許されていない。その年まで生きていくことだって、ぎりぎりのところなのに、こうしたあやまった考え方をとるのは、法律そのものの欠陥かもしれない。アウグストゥスは、それ以前のローマの規定から五年間をけずって、司法官の職につくには、三〇歳になっていればよいと定めた。[4] セルウィウス・トゥリウスは、四七歳以上の騎士階級には兵役を免除したが、アウグストゥスはこれも四五歳にまで引き下げた。[5] だがわたしからすると、五五歳あるいは六〇歳前に人を現役から引退させてしまうのは、それほど理にかなっているようには思えない。公共の利益のためにも、職務や仕事は、できるだけ長く続けるのがいいという考え方に、わたしは賛成だ。まちがいはむしろ反対側に、つまり早くから官職につかせないことにある。さきほどのアウグストゥスは、一九歳にして世界の裁定者となったけれど、[6] それでも、雨樋《あまどい》の場所をめぐる裁きをおこなうのには三〇歳でなければいけないというわけである。わたしにいわせるならば、われわれの精神は、二〇歳までにはかなりの成長をとげて、その先どうなるのかもわかると思う。その年齢になっても、能力のほどのあきらかな証拠を見せないような人間は、その後も実際に能力を発揮することはまずない。天賦の資質や能力が、このころまでに、その美しさや力のほどを現さないというのなら、もう一生、それが現れることなどないのだ。ドーフィネ地方(7)のことわざにも、《生えたときに刺すのでなけりゃ、とげには刺すときなどありゃしねえ》というではないか。

どのような種類でもいいけれど、わたしが知るかぎり、人間のりっぱなおこないというのは、今も昔も、三〇歳以前のもののほうが多いような気がする。というか、ひとりの人間をとっても、たいていそうではないのか。ハンニバルと、その宿敵大スキピオについても、このことは確実にいえると思う。ふたりとも、若い時分に獲得した栄光によって、後半生をみごとに生きたのだ。その後半生は、ほかの人たちとくらべれば、それは偉大ということになろうが、自分自身との比較でいうと、少しも偉くなんかないのである。

では、このわたしはどうかというならば、三〇歳をすぎて、心身ともに、増えるよりは減った、前進するより後退したのはたしかだ。なるほど、時間をじょうずに使う人ならば、年とともに、知識なり経験なりが豊富になるのかもしれない。でも、活発さや敏捷さ、それにねばり強さなど、人間本来の、とてもたいせつで、欠かせない能力は、色あせて、おとろえていく。

肉体が、年齢という荒波にもまれ、手足の力が奪われていくと、知性は足をひきずり、舌も
思考力も、道をはずれて徘徊する。（ルクレティウス『事物の本性について』）

ときには、肉体が老いに降参してしまうこともあるが、精神が先に参ってしまうこともある。わたしも、胃とか足をやられる前に、頭脳がおとろえてしまった人をずいぶん見てきている。この病気は、その当人がほとんど感じることもないし、兆候もはっきりしないだけに、よけい危険なものといえる。そこで今度は、法律にはっきり文句をいっておきたい──老年になるまでずっと職務をとかないことではなくて、その職に登用するのが遅すぎることに対して。われわれの生命がはかないものであって、日常的に、ごく自然に、多くの危険にさらされていることを考えると、誕生と、暇な時間と、修業に、人生のあれほどの部分をさくべきではないようにも思われるのだが。(8)

（第一巻五七章）

（1）プルタルコス『対比列伝』「小カトー伝」。なお『エセー』第一巻三六章「小カトーについて」を参照。

(2) cf.「わたしは三九歳を、ちょうど一五日すぎたところだ。（中略）おまえは、なんておろかなんだ。（中略）もう、ふつうの寿命をすぎたのだぞ」（『エセー』第一巻二〇章「哲学するとは、死に方を学ぶこと」）

(3) 一六世紀のヨーロッパの平均寿命は、二一歳であったともいう。

(4) 以前は、三五歳であった。この話を伝えたスウェトニウス『ローマ皇帝伝』によれば、司法官不足を補うための策であったという。

(5) セルウィウス・トゥリウスは、四七歳以上を「老人 seniores」だと考えていたのである。

(6) アウグストゥス（前六三―後一四）が一九歳のときに大伯父で保護者のカエサルが暗殺され、以後権力を掌握していく。ただし皇帝となるのは紀元前二七年のこと。

(7) フランス南東部の山岳地帯で、グルノーブルが中心都市。次のことわざも、この地方の方言で書かれている。

(8) 原文は l'oisiveté である。ラテン語ならば otium で、「勉学」のニュアンスもあるから、そうした意味をこめているのか？

なるほどわたしは、その道の大家たちの著作のなかで、わたしなどよりもはるかにみごとに、また真実味をもって扱われていることがらについて、つい話し始めることもよくある。でも、そこでお見せするのは、わたしの生まれながらの能力の試験《エセー》であって、いささかも獲得した能力の試験ではない。だから、無知なところをつかまえられたって、別にどうということはない。自分の思索や判断のことで、他人にまで責任をもつなんて、むずかしすぎてできる相談ではない。なにしろ、わたし自身に対してさえ、責任がもてないわけだし、自分でも、そうした思索に満足しているわけではないのだ。学問を探しているとおっしゃるのなら、学問が宿る場所で仕入れてくだされぱいい。わたしにとって、学問ほど披瀝しかねるものはないのだから。ここにあるのは、わたしのとりとめのない夢想の結果にすぎず、別にひとさまにものごとを教えてあげようと努めているわけではなくて、わたしのことをお教えしたいと思っているだけなのだ。ものごとのほうはというならば、それは、いくらわたしだって、いつかはたぶん知ることになるだろう。というか、運命は、それが明らかになる場所にわたしを運んでくれたこともあるのだから、かつてはわたしも、ものごとを知らなくはなかった。でも、いまはなにも覚えてはいない。これでも少しばかりは本を読む人間なのだけれど、とにかくなにも覚えない人間なのだからしかたない。

そんなわけだから、ものごとに関するわたしの知識が、いま現在、どの程度までのものかをお知らせするだけであって、これが確かなことなのですよなどとは、とても保証できかねる。中身に目を光らせずに、むしろ、どのような姿に仕上げているのかを見ていただきたい。

また、借用した文章などに、わたし自身の思索を引き立たせたり、あるいはその助けとなるようなものが的確に選べているかどうかも見ていただきたい。というのも、わたしは、自分の表現力や思考力が弱かったりして、うまくいえないようなことを、他人に、それもわたしより先にではなくて、わたしに続けていってもらうのだ。わたしは、借りたものの数を勘定するのではなくて、それらの重さをはかるようにしている。借り物を数で強調したいと思ったなら、この倍ぐらい借りまくったにちがいない。それにしても、借りたもののすべては、いや、ほとんどすべては、昔のとても有名な人々の文章だから、わたしがなにもいわなくても、作者の名前はわかると思う。そこで、それらの人々の説明や、比較や、論証のしかたを、わたしの土地に移植して、わたしのと混ぜるときには、わざと著者の名前を隠しているわけなのだけれど、それは、あらゆる種類の著作にわっと飛びかかって、性急な判断をくだすという、あの無謀なふるまいをなんとか抑えたいからにほかならない(1)。とりわけ、現存する著者の手になる、最近の書物で、おまけに世俗のことばで書かれているものなどは、だれだって話題にできるわけで、著作の思想や意図そのものまでも俗なものと思わせてしまいかねないのだから。

読む側も、わたしだと思って、プルタルコスを侮辱すればいいし、わたしだと思って、セネカを罵倒して、逆にひどい目にあえばいいのではないのか。こうした権威ある存在の下に、わが弱さを隠さなくてはいけないのだけれど、わたしとしては、どなたかに、その明断な判断力によって、あるいは語られていることの力強さや美しさを見わけるだけで、そうした羽をむしりとっていただきたい。なぜならば、わたしはなにしろ記憶力がわるくて、そうして借用した引用句などの典拠をきちんとより分けるのにも、いつもはたと行きづまってしまうたちなのであって、わが能力をおしはかってみるならば、こうやって種をまいた、この上なくみごとな花々の数々も、わが土地では咲かせることはかなわず、おまけに、わが畑でとれた果実をすべてあわせても、それらにくらべるべくもないことぐらい、十分に承知しているのである。

ただし、わたし自身がなんだかもたついていたり、自分でも感じられないような、あるいは他人に示されてもぴんとこないような、無内容で、まちがった部分が議論にあるとすれば、それはわたしの責任というしかない。というのも、ついまちがいを見逃すことは、よくありがちなことだとはいっても、判断力の病気なるものは、他人がまちがいを見つけても、それを認識することができない点にあるのだ。知識と真理は、判断力がなくても、われわれのうちに宿ることができるし、判断力だって、知識や真理なしに宿ることがありうる。まったくもって、無知を自覚することこそ、判断力のもっとも美しく、確実なる証拠なのである。

ところで、わたしの議論を整列させてくれる下士官は、そのめぐり合わせ以外にはない。夢想がおもむくままに、それらを積み重ねていくのだ。というのも、そうした夢想はひしめきあって押しよせることもあれば、列をなしてぞろぞろやってきたりもするのだから。でも、そのように足並みが乱れがちであっても、ごくふつうの、自然な、わたしの歩みを見てほしい。わたしは、ごく自然体で自分を歩かせていく。それに、わたしが扱う内容だって、別にどうしても知らなくてはいけないようなものでもないし、いきあたりばったりに、手軽に論じてはいけないものというわけでもない。

わたしだって、できることならものごとについて、より完璧に理解したいと思いはするものの、ものすごく高い代価を支払ってまで買うつもりはない。わたしの腹づもりは、この残りの人生を、気持ちよくすごすことにほかならず、苦労してすごすことではない。そのためならば、あたまががんがんしたってかまわないようなものなど、もはやなにもない。学問にしても同じで、どんなに価値があっても、そのためにあくせく苦労するのはごめんこうむりたい。わたしが書物にたいして求めるのは、いわば、まともな暇つぶし《アミュズマン》によって、自分に喜びを与えたいからにほかならない。勉強するにしても、それは、自己認識を扱う学問を、つまりは、りっぱに生きて、りっぱに死ぬことを教えてくれる学問を求めてのことなのだ。

わが愛馬が、汗をたらして進むべき目標がこれだ。(プロペルティウス『エレゲイア詩集』)

読書をしていて困難な個所にぶつかっても、わたしはいつまでも爪をかんでなんかいない。一、二度、突撃をこころみて、あとはほうっておく。そこにいつまでも立ちつくしていても、こんがらがるだけだし、時間がもったいない。わたしは直感的な性格だからして、第一撃でわからなければ、しつこく攻めても、よけいわからなくなるだけなのだ。それに、楽しく、生き生きとできないようなことは、なにもしない主義なのである。いつまでもぴんと気を張りつめていなければいけないようだと、わが判断力はくもり、悲しく、ぐったりとなってしまう。視力もくもって、ぼんやりしてしまう。そんなときは、いったん引きさがり、また新たに見つめる必要が生じる。ちょうど、緋色の生地の光沢を判断するには、少し上のほうから、ちらりちらりと、あちこちから視線を走らせてみなさいと命じられるのと同じことなのである。

こういうわけで、わたしは、こっちの本にあきたら、あっちの本を手にとる。そして、なにもしないでいて、どうにも退屈でしかたがないときだけ、読書に没頭するのだ。そうはいっても、新しい本には、あまり気が向かない。古典のほうが、ずっと充実していて、力強いものに思えるからだ。もっともギリシア語の本は、あまり読まない。まるで子供みたいに未熟な理解力では、判断力をまともに働かせようがないから。

まったくの楽しみに読む本で、現代の作品のなかでは、ボッカッチョの『デカメロン』、ラブレー、そしてこの部類に入れてよければ、ヨハネス・セクンドゥスの『接吻』[2]といったものが、時間をかけて読む価値があると思う。その一方で、『アマディス・デ・ガウラ』や、そのたぐいの作品は、少年時代にもわたしをひきとめるだけの魅力をもっていなかった。[3]また、こういってしまうと、大胆というか、向こう見ずということにもなりそうだけれど、このわたしの、年老いて、動きも重くなった心は、もはやアリオストはおろか、あのすぐれたるオウィディウスにもくすぐられなくなってしまった。昔はあれほどわたしの心をうばった、オウィディウスの軽やかさや創意にも、最近はあまり夢中になれないのだ。

わたしはなにごとに関しても、私見を自由に述べることにしたい。そんなことをすれば、わたしの能力をこえるかもしれないが、まったく管轄外のことがらについても、そうさせてもらう。わたしの意見とは、ものごとの寸法ではなしに、わたしの見方の尺度を明らかにするものなのだ。

たとえばプラトンの『アクシオス』(4)という作品は、これほどの著者にしては、いかにも軟弱で、好きになれないと思うのだけれど、さりとて、わが判断力が、自分を信用していることにはならない。わたしの判断力といえども、昔から、多くの有名な人々がくだしてきた判断という権威にさからうほど、うぬぼれてはいないのであって、それらをわが師とも、先生とも考えて、そうした人々といっしょならば、まちがってもむしろ満足だとまで思っているのだ。

ものごとの表皮にとどまってしまって、奥まで入っていけなかったり、あるいは、ものごとにまちがった光をあてて眺めてしまったときなど、わたしの判断力はわが身を責めて、それを自分の罪にする。つまり、混乱して手に負えなくなったりしなければ、それでよしとするのであり、自分の弱さは、すすんで認めて、そのことを白状するのだ。自分の認識能力によって提示された現象に対して、わたしの判断力は正しい解釈を示そうと思うものの、その現象が弱々しく、不完全ならば、いたしかたない。

あのアイソポス(イソップ)の寓話のほとんどには、いくつもの意味や解釈が含まれている。そこになにか寓意を読みとろうとして、人は、その寓話とぴったり一致するような側面を選びとるのだけれども、それはたいてい、最初の側面というだけで、ずいぶん表面的なものにすぎない。本当はもっとするどく、本質的にして内在的な視点があるのに、そこまで見抜くことができなかったわけで、わたしの場合も似たりよったりなのである。

さて、話を本題にもどすとしよう。詩においては、ウェルギリウス、ルクレティウス、カトゥルス、ホラティウスといったところがだんぜん第一級だと、わたしはつねづね思っている。とりわけウェルギリウスの『農耕詩』は、詩なるものの完璧なる達成でないかと考えている。これと比較した場合、『アエネイス』のなかには、著者も、時間があれば少しばかり筆を加えたであろう個所をいくつか、たやすく見てとることができる。この『アエネイス』では、第五巻〔主人公がシチリアで亡き父の霊をとむらう、等〕がもっとも完成していると思う。わたしはルカヌスも好きで、よろこんで付き合うものの、それは文体のせいではなくて、ルカヌスそのものの価値と、彼の意見や判断の真実さゆえなのだ。また優雅で、洗練されたラテン語の名手テレンティウスは、心の動きや、人間の性格などを、ありのままに、じつにみごとに描きだしていると思う。われわれのふるまいを見ていても、ことあるごとに、テレンティウスの作品を想起してしまう。何度読み返しても、そのつどかならず、新しい魅力や美しさが見つかるのである。

ウェルギリウスの少しあとの人々は、この詩人とルクレティウスを比較するなんてと嘆いたという。わたしも、この両者をくらべるなど、本当のところは不釣り合いだと思っている。でも、ふとした拍子にルクレティウスの詩のみごとな一節に心を奪われたりすると、この考えもゆらぎそうになる。それにしても、ウェルギリウスとルクレティウスの比較に気分を害した人々は、昨今、ウェルギリウスをアリオスト[5]とくらべる連中の、おろかで、粗野ともいえる無神経さに接したら、はたしてなんというだろうか。それに、アリオスト本人だって、なんというだろうか。

おお、なんとおろかで、審美眼のない時代であることか。(カトゥルス)

わたしからすると、昔の人々は、ルクレティウスをウェルギリウスといっしょにする連中よりも、むしろ、プラウトゥスを、はるかに貴族の香りがするテレンティウスと同列に論じる連中に対して不満をいうべきであったのだ。テレンティウスが優れた存在として高い評価を受けたことについては、ローマの雄弁術の父〔キケロ〕が、そうした劇作家のなかでは、ただひとり彼の名前をしばしば口にしたことと、ローマの詩人のなかでも最高の裁き手〔ホラティウス〕が、自分の仲間プラウトゥスに厳しい裁定をくだしたことが、大きくはたらいている。

そういえば、いまの時代に喜劇をつくろうとする連中が——イタリア人たちもそうで、なかなかうまくやってはいるけれど——、テレンティウスやプラウトゥスから三つか四つの筋書きを借りてきて、それを自分の芝居に仕立てていることに、よく気づかされたものだ。連中は、ボッカッチョのお話を五つも六つも、ひとつの芝居につめこんでいるのだが、そんなに内容をもりだくさんにするのは、自分たちの魅力だけではどうにも支えきれないという自信のなさに由来する。

なにか、よりかかるものを見つけなくてはいけないのだ。われわれを引きとめておけるだけのものを、自分たちがもっていないから、そうしたお話でなんとかつなぎとめようという魂胆にちがいないのである。

わがテレンティウスは、これとまったく逆であって、その表現の完璧さや美しさの前に、われわれは、主題なんかどうでもいいとまで思ってしまう。上品で、洗練された魅力に、いたるところで引きとめられる。どこからどこまで、楽しくて、《清浄なること、澄んだ流れのごとし》（ホラティウス『書簡詩集』）というところか。われわれの心を、優雅なおもむきでみたしてくれるから、筋のおもしろさなど、つい忘れてしまいかねない。

このように考えていくと、さらに議論を先まで進めたくもなる。つまり、古代のすぐれた詩人たちは、わざとらしさや凝りすぎを避けたということなのだ。それも、スペイン風あるいはペトラルカ風の、気まぐれな誇張法だけではなく、その後のあらゆる詩的な作品を飾ることとなった、より穏やかで、抑制された修辞までも避けたのだ。したがって、目利きならば、古代の詩人には、そうしたものが欠けているなどと思いもしないし、カトゥルスの風刺詩《エピグラム》の、一様ななめらかさや、いつも変わらぬやさしさ、そして咲きこぼれるばかりの美しさを、マルティアリスが風刺をぴりっときかせようとして詩の末尾につけたかずかずの表現とは、比較にならないほど賞賛するにちがいない。要するに、さっきの理屈と同じことなのであって、マルティアリス本人も自分のことについて、《創意をめぐらそうと、あまり苦労する必要はございませんでした。主題がそのかわりをしてくれましたので》（「ドミティアヌス帝への献辞」）と書いているとおりなのである。

さきほど述べた古代の詩人たちは、やたらと興奮したり、必死になったりすることなく、自分の感情をしっかり表現している。どのようなことについてもほほえむことができるから、わざわざ自分にくすぐりを入れる必要などないのだ。ところが後世の詩人たちには、外からの助けがいる――精神の力がたりないから、それだけ肉体の力を必要とするという理屈だ。つまり、自分の脚力ではだめなので、馬に乗るという寸法である。ダンスを教えている低い身分の男たちが、舞踏会では、貴族たちの挙措やら品位までは真似できないために、まるで軽業師かなんかみたいに、とんぼ返りとか、いっぷう変わった動きをして、なんとか目立とうとするようなものである。おまけに、ご婦人方にとっても、さまざまなポーズをとったり、身体をはげしく動かしたりするダンスのほうが、しずしずと歩いて、自然なものごしや、ふだんの優雅さを見せるだけの儀礼的なダンスよりも、よほど自分を引き立たせることができるわけだ。

わたしが見たすぐれた喜劇役者たちは、ふだん着のまま、ふつうの動きで、思う存分に演技をひきだしては、楽しませてくれた。けれども、それほど芸達者ではない見習いの連中は、こちらを笑わせるためには、顔をまっ白にぬって、おかしな衣装をまとい、わざと妙ちくりんな顔つきをして、いわば見かけを変えなくてはいけない。

このようなわたしの考え方は、なによりも『アエネイス』と『狂えるオルランド』とを比較することで、理解してもらえるのではないのか。前者は翼をうごかして、高く、強く、ぐんぐんと上昇していく。ところが後者は、自分の翼では短い距離しか飛べる自信がないから、まるで枝から枝に飛びうつるみたいに、物語から物語へと、ひょいひょい飛びまわる。息切れがして、力が抜けてしまうことをおそれて、畑のはしっこで、そのつど降りてしまうのだ。《そして、ほんの少しだけ遠出してみる》(ウェルギリウス『農耕詩』)のである。といった次第で、この種の読書ということになれば、以上が、わたしのお気に入りの著者ということになる。

そして、もうひとつの読書、つまりは、楽しみだけではなくて、少しばかりたくさんの効用がまじっていて、自分の思考やあり方をどう整理すればいいのか教えてくれて、役に立つ書物というならば、それはプルタルコス——彼がフランス人になってからの話だ⑹——とセネカにとどめをさす。この両者は、こちらが求めている知識が、個別の断片として扱われていて、わたしにはとうていむりな、長時間のしんぼうを強いられることがないから、わが性格に、ぴったり合っているのだ。プルタルコスの『モラリア(倫理論集)』と、セネカのうちで、もっとも美しく、有益な『書簡集』がそういったものである。そんなに大げさにかまえなくても入っていけるし、好きなところでやめることができる。一篇ずつが独立しているおかげなのである。

プルタルコスとセネカは、有益にして、真実味のある考え方を開陳してくれるけれど、その大部分において両者は一致している。それだけではなくて、このご両人、たまたまほぼ同時代に生まれ、ふたりとも、ローマ皇帝の教育係をつとめている。そしてまた、ふたりとも外国の出身でありながら、富と権力とを獲得したのだ。(7)彼らの教えこそは、哲学のエッセンスであって、それが簡潔にして適切に提示されている。ただし、プルタルコスのほうが、よりむらがなくて、終始一貫している。セネカは、移り気なところがあるというか、まちまちである。弱さや、おそれや、よこしまな欲望に対して徳を武装させようとして心をくだくあまり、身を固くして、しゃきっとしすぎている。プルタルコスの場合には、悪徳の力などたかが知れていると考えて、やたらと足を速めたり、身がまえたりすることをいさぎよしとしないといった風情《ふぜい》が感じられるのだ。プルタルコスは、プラトン的なというか、穏健にして、市民社会に適合した考え方をもっている。いっぽうのセネカは、一般的な慣習からはかけ離れていて、ストア的にしてエピクロス的な思考を展開するものの、わたしからすると、個人には、より適した、堅固な考え方だと思われる。

とはいえセネカには、当時のローマ皇帝の専政に服従しているようなところもある。というのも、どう考えても彼は、意見を強制されて、カエサルを殺害した高潔なる人々〔ブルートゥスなど〕の大義を非難したにちがいないのだから。これに対して、プルタルコスはどこにあっても自由である。セネカは、機知あふれることばや皮肉にみちており、プルタルコスはさまざまなできごとにみちている。そして前者が、刺激を与え、興奮させるかと思えば、後者は、われわれをさらに満足させ、より多くの見返りをくれる。プルタルコスはわれわれを導くのであり、セネカはわれわれを駆りたてるのである。(8)

次にキケロに関して、その著作でわたしの目的に役立ってくれるのは、哲学、それも特に道徳を論じたものである。でも、思いきって本当のことをいうならば——いやはや、人間、ひとたび慎みという柵を飛びこえて、あつかましくなってしまうと、もう歯止めがきかない(9)——、キケロの文章のスタイルは、ほかの似たような文章とご同様であって、どうも退屈に感じられる。なぜかというと、序文や定義、議論の区分、語源といったもので、著作の大部分が費やされてしまうせいで、肝心の、生き生きとしたエッセンスの部分が、この長たらしい下ごしらえのおかげで、息がつまりそうになっているのだ。キケロを読むのに一時間ほどかけてから——わたしにとっては大仕事なのだ——、どんな精髄や滋養を引き出せたのかと思い返してみても、たいていの場合、なんにも見つからない。というのも、彼の主題に役立つ議論にも、わたしが求める核心にふれる理論にも、まだ到達していないのだから。わたしは、もっと賢くなりたいだけであって、博識になりたいとか、雄弁になりたいなどとは思っていないのだから、この手の、論理学的にしてアリストテレス的な議論構成は、目的にかなっていない。こんなことならば、むしろ、最後のところから始めてほしいくらいだ。

　死や快楽がいかなるものなのか、こちらは十分にわかっているわけで、そんなものを、いつまでも腑分けしていてほしくない。わたしが最初から探しているのは、そうしたものからの攻撃をいかにたえるのかを教えてくれる、しっかりとした、正しい論拠にほかならない。だから、文法上の細かな理屈とか、修辞や論証のみごとな構成といったものなどは、役に立たない。わたしが求めているのは、疑問の核心に単刀直入に斬りこんでいく考え方のほうなのに、キケロの場合は、いつまでも鍋のまわりを、だらだらとまわっているにすぎない。そうした演説は、学校や、法廷や、説教にならば、おあつらえむきだ。こちらも居眠りしても平気だし、そんなふうにして一五分ばかりたっても、まだ、話の筋道をたどりなおす余裕もある。正しかろうと、まちがっていようと、とにかく判事たちを味方につけるには、そうした話し方も必要である。また、子供や民衆に対しても同様で、細大もらさず話してあげて、どれが心をとらえたのかを確かめなくてはいけない。

　それにしても、わが国の触れ役人みたいに、こちらの注意をうながそうとして、「さあ、お聞きなされ」と五〇回も叫ばれたらたまらないではないか。ローマの人々は、宗教儀式のときに「注意せよ《ホック・アーゲ》」といったし[10]、われわれは「心を高めよ《スルスム・コルダ》」などというけれど、この手のかけ声など、どれもこれもわたしには無用である。こちらは、家で十分な心がまえをして、やってきているのだ。前菜もソースもいらない。わたしは、生肉だっておいしく食べられる人間なのだ。こうした下ごしらえやら前置きによって、食欲が増すどころか、逆にうんざりして、味気もなにもなくなってしまう。

なにしろ、このような乱れたご時世だからして、プラトンの対話篇さえ、まのびしていて、主題が押し殺されているなどと、ずうずうしく、ばちあたりなことをいっても、許してもらえるかもしれない。りっぱなことをいくらでもいえたはずの、あの人が、なんだか前置きばかりの、むだなことばのやりとりに時間をついやしてしまってなどと嘆いても、大目に見てもらえるかもしれない。いや、というか、わたしの教養のなさを口実にしていわせてもらうならば、ギリシア語ということばの美しさが、こちらには少しもわからないのである。

それにわたしが求めているのは、たいていの場合、学問を活用している書物であって、学問を構築しようとする書物ではない。最初に挙げたプルタルコスとセネカ、そしてプリニウス、あるいはこれに準ずる著作家は、「注意せよ」などとはいわず、最初から耳をかたむける気になっている人々を相手にする。もしも「注意せよ」といったにしても、それは実質をともなった叫びなのだから、その実体はまったく異なるのだ。

わたしは、キケロの『アッティクス宛書簡集』(11)をしばしば読むけれど、それは、それらの書簡類が同時代の歴史やできごとについて多くを教えてくれるだけではなくて、それ以上に、彼の個人的な気質をうかがいしることができるからだ。というのも、別の個所でも述べたように、わたしは、作者の心のうちや率直な意見を知りたいという好奇心が、ことのほか強いのだ。[12] 彼らが世界という劇場[13]で見せてくれる著作のかずかずから判断すべきは、その才能であって、性格ではない。わたしは、ブルートゥスが徳について書いた作品が失われてしまったことを、どれほど残念に思ったことか。[14] というのも、実践についてしっかりと心得ている人間から、理論を学ぶのは、すばらしいことなのである。とはいえ、説教と説教者とは別物なのだからして、ブルートゥスを、プルタルコスのなかだけではなくて、ブルートゥス自身の著作のなかでも見たいのだ。彼が戦闘の日に、軍隊にむかってした演説よりも、むしろ、その前日、テントのなかで親しい友人のひとりと交わしたおしゃべりが、本当のところどんなものであったのか知りたいし、広場や元老院でどうしたということよりも、書斎とか寝室でなにをしていたのか知りたいのだ。

キケロについてだが、わたしは、学問をのぞけば、彼の精神のなかにはすぐれたものはそれほどなかったという通説に賛成したい。ふとっていて、冗談ずきの人がよくそうであるように、彼もまた、温厚な人物ではあったけれど、正直いって、軟弱なところや、野心満々といった虚栄心をずいぶんもっていた。それにまた、彼が、自分の詩は発表にあたいすると考えたことについて、大目にみてあげる気になれないのだ。へたな詩をつくるのは、別にたいした欠点とはいえない。でも、その詩が、自分の名声にはそぐわないことが判断できなかったというのは、あやまりというしかない(15)。

その雄弁に関しては、それはもう天下一品であって、キケロに匹敵する者はいないと思う。小キケロは、父親と似ているのは名前だけであって、アジアで総督をしていたが、ある日、その食卓に見知らぬ客が何人もいて、末席には、ケスティウスなる男がすわっていたという。偉い人の食卓は、来る者はこばまずというところがあって、ちゃっかり人がもぐりこんだりするのだ。そこでキケロが、あの男はだれだと聞いたので、召使いはその名前を答えた。ところがキケロは考えごとをしていて、その名前を忘れてしまい、二、三度、同じことを聞いたという。召使いは、何度もわざわざ同じことをくり返す手間をはぶこうとして、なにか特徴を指摘して、それでぴんとこさせてあげようと思って、「あれはケスティウスと申す者でございます。お父上の雄弁も、自分のとくらべればたいしたことがないなどと申しているとのうわさでございます」といった。するとキケロは急に腹をたてて、部下に命じてケスティウスを捕らえさせ、目の前でしたたかにむち打たせたという。なんとも礼儀知らずの主人なのだった(16)。

よくよく考えてみて、やはりキケロの雄弁は比類のないものだと評価する人々のなかにも、彼の欠点をみすごすことのない人もいた。たとえばキケロの友人の、偉大なブルートゥスは、「あれは、ぼきぼきと折れた、腰砕けの雄弁だ(17)」と語っていた。またキケロとほぼ同時代の雄弁家たちは、キケロが、文章のおわりになると、なにかにつけて長い結句をつけたがる癖のことを非難し、《のように思われる《エッセ・ウイデアチユール》》という表現をしきりに使うと指摘した。わたしの場合は、いわゆる短長格[18]で区切られていて、もっとさっと終わるような終止法のほうが好きだ。キケロはまた、ときおり、ごつごつとリズムを刻むことがあったりする。《本当のところわたしは、年をとるまえに年寄りになるよりも、年寄りである日々が少ないほうが好きなのだ[19]》などという個所は、ずいぶん耳ざわりというしかない。

さて次に歴史家は、テニスでいえば、フォアハンドにくるボールといったところ——楽しくて、すらすら読めてしまう。しかもそこには、わたしが知りたいと思っている人間存在のありさまが、なににもまして、あますところなく生き生きと現れている。人間の内面の多様性や真実の、あらましや詳細はいうにおよばず、人間をかたちづくっている、さまざまな要素や、人間をおびやかす、さまざまなできごとが描かれている。

伝記を書く人は、できごとよりも、その動機に、つまり外側に出てくるものよりも、内側から出てくるものを時間をかけて描くから、わたしには、それだけぴったりくるのだ。そんなわけで、あらゆる歴史家のなかでも、やはりプルタルコスこそが、歴史家のなかの歴史家ということになる。

またわたしは、ディオゲネス・ラエルティオスの列伝[20]があと一ダースほどあればいいのに、この作家がもっと広く知れわたり、もっと理解されてもいいのにと思うと、残念でたまらない。というのも、世界の偉大な教師たちの、考え方や思想といったものにおとらず、彼らの運命や生涯についても知りたいのである。

歴史に学ぶといった領域においては、古いのも新しいのも、外国のもフランスのも、とにかくあらゆる歴史家の著作をえり好みせずに読みあさり、さまざまな仕方であつかわれていることがらを学習する必要がある。とはいえ、なかでもカエサルは学ぶ価値があると思う。それは歴史を知るためだけではなく、カエサル本人を知るためでもある。(21) カエサルというのは、あのサルスティウス(22)をも含めて、あらゆる歴史家を凌駕する完璧さや卓越性をそなえている。たしかにわたしは、カエサルを読むときには、ふつうの文学を読むよりも、より敬意をいだきながら読む。ときには、そのかずかずの行動と、奇跡的ともいえる偉大さを通して、カエサル本人に敬服するのだし、ときには、キケロがいうように、あらゆる歴史家をしのぐところの、いやあるいは、たぶんキケロ自身をもしのぐような、澄みきった文章と、比類なき優雅さを賛嘆するのだ。(23) 敵を語るにも、あれほどまでに誠実な判断をもちあわせていた彼のことだ。なるほど、自分の悪しき動機やけがらわしい野心を隠そうとして迷彩をほどこした部分はあるにちがいないが、それ以外に、カエサルに文句をつけるとしたら、それは、あまりに自分について語ることを出し惜しみしたということだけではないのか。というのも、実際は、彼が自分について書いたよりも、はるかに多くのことまでおこなったということでないかぎり、あれほどの偉業をなしえたはずもないからだ。

わたしは、きわめて単純な歴史家か、さもなければ、卓越した歴史家を好んでいる。単純な歴史家には、歴史に自前のものを付け加える力量もないから、自分が知りえたことがらをすべて寄せ集めて、それを選別することなく、誠実に記録することに精魂をかたむけるのであって、真実の認識については、その判断を読者にゆだねている。たとえば、あのフロワサール(24)が好例で、彼はきわめて率直なまでの誠実さで仕事を進め、あやまちをおかした際には、そのことを指摘された時点で、ためらうことなくそれを認め、訂正したのである。また、そのころ流れていたうわさとか、人から聞いた、さまざまに異なる報告なども教えてくれる。これはいわば裸のままの、かたちの定かではない歴史の素材ということなのだが、おかげで各読者は、それぞれの理解に応じて、これを活用することができる。

一方、きわめて卓越した歴史家たちは、知る価値のあることを選ぶ能力があるから、ふたつの報告から、より信憑性のあるものを選ぶことができる。そして王侯の状況や気質から、その意図について結論をひきだして、彼らにふさわしいことばを発させるのだ。そうした歴史家が、その権威をもちいて、自分の意見によって、われわれの意見を左右しようとするのも当然といえる。とはいえ、それはごく少数の歴史家だけに可能なことだ。

そしてこの両者の中間にある歴史家は——じつは、これがもっともありがちなことなのだけれど——、すべてをだいなしにしてしまう。彼らは、われわれのためを思って、噛みくだく。自分勝手な判断をおこなったあげく、歴史を好きなようにねじ曲げてしまうのだ。というのも、ひとたび判断がある方向にかたむけば、話だって、そっちのほうに曲がったり、それたりするのは防ぎようがないからだ。こうして、知るにあたいすることがらを選ぼうとしながら、むしろ彼らは、われわれにとってより教訓になるはずのことばや行為を隠すことになってしまうのだし、自分が理解できないことは、信じがたいこととして、省いてしまうのだ。そしてまた、ラテン語やフランス語でうまくいいあらわせないことも、省いてしまう。彼らが、修辞やら議論やらを、大胆に展開し、思ったとおりに判断をくだすのはかまわない。でも、彼らのあとで、こちらが判断をくだす余地を残しておいてほしいものだ。素材を、勝手に短くしたり、選別したりして、変更やアレンジなどせずに、そのままの大きさで、まるごとそっくり、こちらにひきわたしてほしいのである。(25)

われわれの時代についてはとりわけそうなのだが、歴史家という仕事は、語り口がじょうずであるという基準のせいもあって、たいていは、ふつうの人々のなかから選ばれてくる。これではまるで、歴史書で文法を習うみたいなものではないか。そのために雇われ、ひたすらおしゃべりを売りものにしているのだから、そうしたことだけに気をくばるのも当然の話といえる。こうして、美辞麗句をふんだんに使って、街角で集めてきたうわさを、みごとな織物に仕立てるといった具合だ。

りっぱな歴史は、そのできごとをみずから指揮した人とか、それになんらかの役割をはたした人、あるいは少なくとも、同じようなできごとを指揮する機会をもてた人が綴ったものにかぎる。ギリシア人やローマ人が書いた歴史というのは、ほとんどすべてがこうしたものなのである。というのも、何人もの目撃者が同じ主題について書いているから、――当時は、知識と偉大さがひとりの人間のなかに同居していたのだった――、まちがいがあるにしても、ものすごく軽微なものだし、それに、ずいぶん不確実なことに関してにすぎない。

戦争のことを論じる医者や、王侯の意図を論じる学生に対して、はたしてどれほど期待できるというのか。こうした点について、ローマの人々がいかに綿密細心であったかを指摘するには、次の実例で十分であろう。アシニウス・ポリオ〔ローマの軍人・著述家〕は、カエサルの歴史叙述のなかにも、まちがいを見つけたのだ。さしものカエサルも、全軍に目をくばることなどできず、きちんと確認できていないことについては、多くの場合、報告してきた部下のことばを信じるしかなかったし、自分の留守中に指揮をとった将軍たちからも、注意深く情報を集めなかったために、こうしたあやまりにおちいったのだった。こうした例からも、真実を追究するのがいかにやっかいなことかが判明する。裁判での証人尋問のように、目撃証言を照らしあわせ、反論も受けいれて、個々のできごとの細部を吟味していかないかぎり、戦闘の指揮官の知識も、近くで起こったことについての兵士たちのことばも、信頼することはできないのだ。まったくのところ、われわれが自分のことについてもっている知識にしても、これよりもはるかにあやふやなものにすぎない。ただし、これについてはボダン(26)が十分に論じているし、わたしも同意見である。

わたしは極端に物覚えがわるい。これはまだ読んだことがないぞ、新しい本だなと思って手にしたところ、その数年前に、いろいろと書き込みまでして丹念に読んだ本だったということが、何度もある。で、こんな記憶力に裏切られないように、しばらく前からどのような方策を講じているかといえば、書物の終わりに——一度しかよむつもりのない本についての話である——、読了した日付と、おおまかな読後感を書き留めている。そうすれば、その本を読みながら、著者についてどのようなイメージを描き、どんな印象をいだいたのかを、あとから思い出すよすがになるのではと考えてのことだ。そこで、こうした注釈のいくつかを、ここに書き写してみたい。

次は、いまから十年ほど前に、わがグイッチャルディーニ(27)のなかに書きそえたことばである。なおわたしは、その書物がいかなる言語で語りかけてこようと、わたしの国語で話しかけることにしている。

「彼は熱心な歴史家である。わたしの考えでは、この歴史家からは、同時代のさまざまな事件の真相を、なににもまして正確に知ることができる。しかもほとんどの場合、グイッチャルディーニ自身、名誉ある地位にあって、その当事者ともなっている。憎しみや、特別の好意や、虚栄心から、彼がものごとをいつわった形跡はいささかもない。このことはお偉方たち、とりわけ彼を引き立てて、重用してくれた、教皇クレマンス七世などの人物に対する、自由な判断が証明している。彼がもっとも自慢に思っているのは、どうやら脱線とか、あれこれ議論している部分らしく、巧みな筆致の、みごとなものもあるけれど、ひとりよがりになりすぎているとも思われる。というのも、充実した、ほとんど無限ともいえる主題を手にして、なにものもいい逃すまいと思うあまり、どうも冗長なところがあるし、なんだか学問めかしたおしゃべりでも聞いているようなのだ。もうひとつ気づいたのは、あれほど多くの人間の精神といとなみについて、動機や意図について評価をくだしているくせに、道徳や、宗教心や、良心と関連づけることがいっさいないことだ――まるで、こうした美点なるものが、世界から消え去ってしまったかのように。逆に、それ自体いかにりっぱに見える行為でも、かならずその原因を、なにかよこしまな動機とか、欲得といったものに結びつけて考えるのである。数えきれないほどの行為に対して判断をおこなっているけれど、理性のみちびきによって生まれたものがひとつもないなどとは、想像しがたいではないか。いかなる腐敗や堕落にしても、だれひとりその感染をまぬがれえぬほどに、すべての人間をことごとくとらえることなど不可能なことだ。したがってわたしは、ひょっとしてグイッチャルディーニの感覚そのものがやや悪徳にそまっていたのではないのか、そうした自分を基準にして他人を評価したのではないのかとも思ってしまうのである。」

フィリップ・ド・コミーヌ(28)の著作には、このように書き入れてある。

「ここには、しなやかで心地よく、単純にして素朴なことばづかいが見られる。語り口は純粋なものであり、著者の誠意がはっきりと輝いているし、自己を語るに際しては、虚栄心をまぬがれており、他人を語るに際しても、偏愛やねたみがない。その判断や忠告には、いかなる洗練された知性にもまして、善意からの熱情と真実味がこもっている。そしていたるところに、血筋がよく、大きな事件に囲まれて育ったことを物語る、威厳や重々しさがそなわっている。」

そしてデュ・ベレー殿の回想録(29)には、こう記されている。

「ものごとをいかにみちびくのか、身をもって経験した人間が書いたものを読むのは、いつでも愉しい。とはいいながら、このふたりの回想録には、たとえば聖王ルイに親しく仕えたジョワンヴィル殿や、シャルルマーニュの尚書官のエジナール(30)といった昔の書き手や、もっと記憶に新しいところではフィリップ・ド・コミーヌのなかで光り輝いていたところの、自由かつ率直な書きぶりが、どうみても不足していることは否めない。というかこれは、歴史というよりはむしろ、神聖ローマ皇帝カール五世と対立していたフランソワ一世を擁護する書物なのだ。できごとの大筋までも彼らが変えてしまったなどとは信じたくもないが、それにしても、さまざまなできごとに対する判断を、しばしば理性に反してでも、フランスに有利なようにねじ曲げ、主君の生涯で微妙だと思われることは、ことごとく省くというのが、彼らのやりくちでもある。その証拠に、モンモランシー殿とブリオン殿[31]の失脚については、等閑に付されてしまっているし、デタンプ公爵夫人[32]のことなど、名前ひとつ出てこないではないか。秘密の行動は隠してもかまわないけれど、だれもが知っていて、世間的にも影響を与え、ああした結果を招いたところのことがらについていっさい口をつぐむというのは、許しがたいまちがいである。

要するに、フランソワ一世と、その治世におこったできごとについて、その全体を知りたいというのなら、わたしのいうことを信じて、ほかにあたるのが賢明だ。この回想録からなにが得られるのかといえば、それは、このふたりの貴族が居あわせた戦闘や戦功をめぐる、個人的な記述とか、当時の何人かの王侯の私的な会話やふるまい、そしてランジェ殿ことギヨーム・デュ・ベレー殿がおこなった、策謀やら交渉なのである[33]。もちろん、そこには、知っておくにあたいすることがらや、低俗ならざる省察が、ふんだんにつまっているのではあるが。」（第二巻一〇章）

（1）モンテーニュ本人がこう述べているにもかかわらず、拙訳もまた、引用のあとに出典を記載する方針を採用した。なお「世俗のことば」とは、ラテン語にたいして、フランス語・イタリア語などの国語。

(2) ヨハネス・セクンドゥスは、本名Jan Everaerts. デン・ハーグ生まれの人文主義者にしてラテン詩人。ラテン語詩集『接吻《バシア》』は、当時大評判をとった。
(3) スペインの騎士道物語で、アマディスは主人公。ルネサンス時代にヨーロッパ中で大流行し、フランス語訳も出ている。ドン・キホーテが読みふけり、虚実の区別がつかなくなってしまった本なのだが。——「『湖のランスロ』『アマディス』『ユオン・ド・ボルドー』といった、子供がおもしろがるような雑本のたぐいは、名前すら知らなかったし、いまでも内容を知らないのです」(第一巻二六章「子供の教育について」)。
(4)『アクシオス』は、フィチーノや、プラトン全集を出したアンリ・エチエンヌによって、すでに偽作とされていた。
(5)『狂えるオルランド』の決定版は、一五三二年、フェラーラで刊行された(脇功訳、名古屋大学出版会)。
(6) ジャック・アミヨによるフランス語への翻訳が出てからということ。『対比列伝』は一五五九年、その決定版は一五六七年、そして『モラリア』は一五七二年に刊行(いずれもパリで)。
(7) セネカは、スペインのコルドバで生まれ、ネロの教育にあたった。プルタルコスは、ギリシアの片田舎カイロネイアに生をうけ、ほとんど終生をそこですごしたという。トラヤヌス帝の教育係をつとめたというのは、伝説にすぎないらしい。
(8) cf.「セネカとプルタルコスを弁護する」(第二巻三二章)、あるいは「顔つきについて」(第三巻一二章)の最初の部分。
(9)「節度というものの境界線をひとたび越えてしまえば、あとはもう、おもいきってあつかましくならなくてはいけないのです」(「ルキウス・ルッケイウス宛書簡」『親しき者への書簡』五・一二)という、キケロ自身の表現をふまえてのもの。

(10) ローマ喜劇では、観客の注意を引くために、この表現がよく使われた。
(11) ティトゥス・ポンポーニウス・アッティクスは、キケロとは少年時代からの親友で、妹がキケロの弟と結婚している。エピクロス学派として、官職にはつかず、政治的にも中立を守った。『アッティクス宛書簡集』には、四〇〇通以上の手紙が収められている。この個所、初版（一五八〇年）では「キケロの書簡集を、とりわけ『アッティクス宛書簡集』を」となっていた。
(12) cf. 第二巻三一章「怒りについて」。
(13) 世界を舞台に見立てて、人間を、そこで神に操られて演じる存在とする、いわゆる「世界劇場」theatrum mundi という、伝統的な表象が見られることに注目。このイメージは、「人間世界はことごとく舞台です。そうしてすべての男女が俳優です」（『お気に召すまま』坪内逍遥訳）で名高い。
(14) ブルートゥスは、学問を愛し、著作も多く、キケロの若きライバルともいえた。キケロは哲学的論考『善と悪の究極について』をブルートゥスに捧げているが、そこには「〔本書は〕ほかならぬ君がわたしを相手に例の徳についての本を書いて、わたしを欣喜させ、かつ挑発したことから始まった」（永田康昭ほか訳、《キケロー選集10》岩波書店）と記されている。
(15) ルネサンス時代に出版された『キケロ全集』は巻末に、いわば彼の詩篇（の断片）までも添えており、キケロ主義者たちは、こうした断簡零墨をも称賛した。こうした風潮への、モンテーニュの反発といえよう。
(16) 小キケロは、シリア総督をしていたことがある。のちにアテナイに留学したが、弁論術教師の誘惑で、酒と快楽にひきずりこまれたと、プルタルコスは伝える（『対比列伝』「キケロ」）。エラスムスも『痴愚神礼讃』のなかで「キケロの息子は極道者だった」と述べている。
(17) タキトゥス『雄弁家の対話』。
(18) 「短長格」iamb/iambe. 韻律が「短—長」という音節をなしていること。またそうした韻律で構成された韻文。話しことばに近いものとされ、対話や風刺詩に好んで用いられた。

(19)『老年について』一〇・三二。原文は、«Ego vero me minus diu senem esse mallem, quam esse senem, antequam esse.»ちなみにモンテーニュは、第三巻五章「ウェルギリウスの詩句について」でも、この文章をフランス語に訳して引用している。

(20) cf. ディオゲネス・ラエルティオス『ギリシア哲学者列伝』加来彰俊訳、岩波文庫。モンテーニュは、当時の凡庸なラテン語訳で読んでいたが、『エセー』でたびたび引用・借用される。

(21) モンテーニュはカエサルの著作集(クリストフ・プランタン、一五七〇年)を、一五七八年にじっくり読んでおり、多くの書き込みがなされている。

(22) カエサルと同時代の歴史家。カエサルに心服していたが、その暗殺後は、政界をしりぞいて歴史著述に専念した。作品に、『カティリナの陰謀』、『ユグルタ戦記』など。『キケロ弾劾演説』は、その真偽が定かではない。ドキュメンタリー調で、ルネサンス以降、大いに人気を博した。

(23) cf.「これほど純粋で、微妙で、完璧な語り口によって」(第二巻三四章「ユリウス・カエサルの戦い方について考える」)

(24) フランスの年代記作家・詩人(一三三七ころ—一四〇五ころ)。その『年代記』は百年戦争の記録として重要である。モンテーニュはリヨン、ジャン・ド・トゥルヌ書店版を愛読していたとされる。

(25) 第一巻三一章「食人種について」を想起させる。モンテーニュは、ブラジルに植民していた経験を有する男を使用人に雇っていた。その男から新大陸のことをいろいろ聞いたという。そして「この男は、単純にして無骨な人間であったけれど、これこそ、真実の証言をもたらすにふさわしい条件なのだ」と述べる。

(26) ジャン・ボダン(一五三〇—九六)。フランスの思想家・政治家。主著は『国家論』『悪魔つき』。絶対王政を擁護したが、マキャヴェッリとはちがって司法の役割を重視した。ここは『歴史認識方法論』(一五六六年）が下じきとなっている。

(27) フィレンツェの政治家・歴史家（一四八三―一五四〇）。名門に生まれて、レオ一〇世とクレメンス七世という、メディチ家出身の教皇に仕えた。著作に『フィレンツェ史』『イタリア史』など。モンテーニュは『イタリア史』を原文のイタリア語で読んだのである。

(28) フランスの年代記作家・政治家（一四四七―一五一一）。その『回想録』は、自分が仕えたルイ一一世やシャルル八世の治世を扱う。

(29) フランソワ一世に仕えた、ランジェ公ギヨームと、マルタンという、デュ・ベレー兄弟の回想録で、兄ギヨームの死後、弟マルタンが引き継ぎ、その女婿が刊行した（一五六九年）。フランソワ一世の事績を叙述して、大いに読まれた。

(30) ジョワンヴィル（一二二四?―一三一七）は、ルイ九世の傍らにあって十字軍に参加し、エジプトで国王とともに捕虜ともなっている。晩年、『聖王ルイ伝』を著した。アインハルト・エジナール（七七〇―八四〇）は、シャルルマーニュ（カール大帝）に仕えた政治家で、『カール大帝伝』の著者。

(31) アンヌ・ド・モンモランシー（一四九三―一五六七）は大元帥。陰謀のかどで、一五四〇年に失脚する。ブリオン公フィリップ・ド・シャボ（一四八〇―一五四三）はフランソワ一世の竹馬の友で提督・ブルゴーニュ総督だが、この事件にからんで追放された。

(32) デタンプ公爵夫人、アンヌ・ド・ピスルー（一五〇八―八〇）。ルイーズ・ド・サヴォワの侍女だったが、その息子フランソワ一世の愛妾となった（フランソワ一世に招かれた彫刻家チェッリーニの『自伝』にも登場する）。野心満々で、モンモランシー大元帥と対立、フランソワ一世を動かして失脚させたともいわれる。ちなみに王は、アンヌをジャン・ド・ブロスと結婚させて、この亭主をデタンプ公としたわけだが、ジャン・ド・ブロスは歴史家コミューヌの孫にあたる。

(33) カトリックとルター派の融和につとめた。またピエモンテ総督代理として善政をおこない、同行したラブレーは理想的な学者・政治家と評価していた。

われわれはなにも純粋には味わわない

人間は弱い存在であるから、さまざまな物質をそのままの純粋な状態では用いることができない。われわれが享受している基本要素(1)も、そのままでなく、変質している。金属も同様であって、たとえば黄金を、われわれの役にたたせるには、なにか別の物質を混ぜて品質を落とす必要がある。

アリストンやピュロン(2)が、そしてストア学派までが人生の目的とした、あの単純な徳も、まぜものなしにはその役にたたなかったし、アリスティッポスやそのキュレネ学派(3)の快楽説にしても、同様だった。われわれの快楽や善だって、なんらかの悪や不快がまじらないものなどありはしない。

楽しみの泉のなかから、なにやら苦いものがわき出てきて、花に囲まれていても、心をしめつけられる。（ルクレティウス『事物の本性について』）

快楽の極致にあって、われわれは、どうやらうめいたり、嘆いたりしているらしい。まるで快楽が、苦痛で死にかけているみたいに。事実、快楽の絶頂のイメージを描くときにも、病気や苦痛を示す形容詞などで修飾するではないか――「けだるさ」や「ものうげさ」、そして、「がっくりきた」、「力がぬけた」、「憔悴した」といった表現である。これこそ、快楽と苦痛とが、血族であって、実質を同じくすることの、なによりの証拠といえよう。

深いよろこびには、楽しさよりも深刻さがひそんでいる。最高にして、充実した満足感とは、うきうきしたものより、むしろ落ちつきはらったものなのである。《幸福といえども、度をすぎると苦痛となる》（セネカ『書簡集』）というように、よろこびが、われわれをさいなむのだ。ギリシアのある詩に、「神々は、われわれにくれるはずの幸福を、すべて売りつけているのだ(4)」とあるのもこうしたことにほかならない。すなわち、「神々は、われわれに純粋で、完全な幸福などくれない。なにがしかの不幸と引き替えに買うしかない」ということなのだ。

苦痛とよろこびは、その本性は似ても似つかないくせに、なにやら自然な継ぎ目で結びついている。ソクラテスは、「神様は快楽と苦痛をまぜてひとつにしようと試みたが、どうしてもうまくいかず、せめてしっぽだけでもくっつけてしまおうと考えた」といっている(5)。

いっぽうメトロドロスの場合は、「悲しみには、いくぶんか快楽がまじっている」[6]といった。彼がはたして別の意味でいったのかどうかは知らないが、わたしは、憂鬱な気持ちによって自分を支えていくということのうちには、なにかの意図や、同意や、自己満足がまざっているように思うのだ。もっといわせてもらえば、そこには野心もまざっているかもしれない。憂鬱さの奥底にも、なにかしら心地よい甘さがあって、われわれに笑いかけ、まんざらでもない気分にさせる。もっぱら憂鬱さを生きる糧にしている気質だって、存在するではないか。《泣くことには、ある種の快感がある》(オウィディウス『悲しみの歌』)ということなのだ。

またセネカの書簡文のなかで、アッタロス〔セネカの師でストア学派〕は、なくした友の思い出は、古くなったワインの苦みのように心地よい、《ファレルノの古酒をついでいる少年よ、いちばん苦いやつを注いでくれ》[7]、あまずっぱいリンゴみたいにこころよいのだともいっている。

自然も、こうした融合を教えてくれる。画家によれば、泣くときの顔の動きやしわの寄りかたが、笑うのを描くのにも役立つという。実際、仕上がる前の、画家の筆の運びを見ていても、泣き顔なのか、笑い顔なのか、どちらを描こうとしているのかわからないではないか。笑いの極地は、涙とまじりあうのである。

《いかなる不幸にも、かならずうめあわせがある》(セネカ『書簡集』)ともいう。いかにも望ましい満足感につつまれている人間を思い描いてみよう。たとえば、全身がいつも、セックスの絶頂のような快楽にしびれているといったことを想定してもよろしい。この男は、快楽の重さにぐったりきてしまうのではないのか。これほど純粋で、変わりなく、全身におよぶ快楽を、まともに支えるなんてまったく不可能だろうと思うのである。そんな状況にあれば、足下がおぼつかず、いまにも落ちていきそうな尾根にいるような気がして、急いで逃げて、そこから離れようとするのが人情だ。

自分に対して、敬虔な気持ちで告白をおこなっていると、わたしの最良の性質でさえ、なにかしら悪徳の気味があるように思ってしまう。いや、プラトンだって、断固たる徳のなかにあっても、その徳にじっと耳をかたむけたなら――事実、彼はそうしたわけだが――、そこにいかにも人間的なまじりけのある、調子はずれの音を聞いたにちがいない。もちろん、それは彼にだけ聞こえる、かすかな音ではあろうけれど。わたしは、プラトンの徳や、それに類する精神性を、だれにもまして誠心誠意尊敬しているけれども、その上でこういっているのだ。人間というものは、全身がくまなくつぎはぎだらけの、まだら模様の存在にすぎないのである。

裁判に関する法律にしても、いくぶんかの不正義がまじらなければ、存続もかなわない。プラトンも、「法律からあらゆる不便や不都合を取り除こうなどと願うのは、怪物ヒュドラの頭を切り落とそうとすることにひとしい[8]」といったではないか。タキトゥスが述べるように、《見せしめの罰は、いかにりっぱなものでも、当人たちには不公平なのだが、公共の利益によって相殺されている》（『年代記』）ということなのだ。

同様に、生活習慣や社会とのかかわりにおいても、われわれの精神が、えてして、あまりに純粋にして明敏すぎるのも本当のところだ。相手を見透かすようなこうした明晰さなるものには、やたらとことこまかく、詮索したがるきらいがある。世間の実例や慣習にもっとすなおにしたがわせるためには、精神をもっとにぶく、なまくらにする必要がある。もっとどんよりと、曇りがちのものにすることで、この地上の混沌とした生活とバランスをとらなくてはいけない。となれば、平凡にして、ゆったりとした精神のほうが、ことを進めるのにふさわしいし、うまくいくということにもなる。要するに、哲学という、高尚にして、精妙なる思考は、実践には不向きなのである。精神のするどい切れのよさとか、自在に動きまわるあたまの回転のはやさなどは、むしろ交渉を混乱させてしまう。人間のすることなのだからして、もっとおおざっぱに表面で取り扱って、その大部分は運命の権利にゆだねるべきなのだ。ことを深く、緻密に解明することは無用だ。あれほどに矛盾した様相やら、多様な形状をじっと眺めていたら、なにがなんだかわからなくなる。《矛盾したことがらのなかをころげまわっていると、精神はまひしてしまうのだ》（ティトゥス・リウィウス『ローマ建国史』[9]）。

昔の人々は、あのシモニデスについても同じことをいっている。ヒエロン王に質問されたシモニデスは、答えを見つけようとして何日も考えにふけっていたという。すると、微妙なことがらがいろいろと、びんびん思い浮かんできてしまい、どれがもっともらしいのかわからなくなって、真実をすっかり断念したというのだ。

真実を求めて、あらゆる状況や結果までかかえこむ人は、選ぶことができなくなる。平均的な知性ならば、ことの軽重を問わずに、ひとしくことを進めて、実行に移すことができる。――ほら、ごらんなさい。てきぱきとことを処理していく人間は、どうして有能なのか、うまくいえないではないですか。そして一方で、もっとも口先たくみな人間が、たいていの場合、なにひとつろくなことができないではないですか。わたしの知っているある男などは、家政のことについて大いにしゃべりまくるし、いろいろとじつに巧みに説明してくれるのだけれど、かわいそうに、自分の手からなんと一〇万リーヴルの年収がこぼれ落ちているのを放置している。またもうひとりは、彼に助言してくれる相手よりも、よほど話もうまかったし、考えも深く、これほどみごとな知性や能力を示す人間はまずいないと思われた。ところが、実際のこととなると、召使いたちからすれば、まったくの別人としか思えなかったのだ。もっとも、これは、彼の不運を勘定に入れないでの話なのだけれど。

（第二巻二〇章）

（1）空気、火、水、土という、いわゆる四大元素のこと。

(2) アリストンはキオス島出身、ゼノンの弟子のストア学派哲学者。ピュロンはギリシアの哲学者。「ク・セ・ジュ?」(わたしはなにを知っているのか) という、モンテーニュの懐疑主義の核をなす思想家で、モンテーニュはセクストゥス・エンペイリコスの『ピュロン主義哲学の概要』(金山弥平・金山万里子訳、京都大学学術出版会) の強い影響を受けている。モンテーニュによればピュロン主義の懐疑の要諦とは、「揺さぶり、疑い、探索しながら、なにも確信せず、なにも保証はしない」という、「哲学者たちのなかで、もっとも賢明な学派」であって、「平和で、落ち着いた生のありようとしての、アタラクシア (平静にして不動であること) へと導く」ことにあり、けっして不決断ではないという。こうした点をとらえて、パスカルが、「純粋な懐疑論者」としてモンテーニュ批判をおこなったのは名高い。cf.『エセー』第二巻一二章「レーモン・スボン弁護」、パスカル『パンセ』、『ド・サシ氏との対話』。

(3) アリスティッポスは北アフリカのキュレネの出身で、ソクラテスの弟子。快楽を善とし、快楽の追求を人生の目的とするキュレネ派の始祖となり、エピクロス派にも倫理面で大きな影響を与えた。

(4) シチリア出身のギリシアの喜劇作家エピカルムスの文章で、クセノフォン『覚え書き』から。

(5) プラトン『パイドン』六〇・C。ギリシア語原典は、「しっぽ」ではなく「頭」となっているらしいが、フィチーノ訳では「先端」apex となっている。

(6) セネカ『書簡集』より。メトロドロスはエピクロス派の哲学者。

(7) 書簡中でのカトゥルスからの引用。ファレルノは、南イタリア、カンパーニア地方のワインで、古来、銘酒として愛好された。

(8) プラトン『国家』より。エラスムス『格言集』、あるいはボダン『歴史認識方法論』からの借用といわれる。ヒュドラの頭は、斬っても、次々と再生する。なお、この一節は、ギヨーム・ブーシェが、物語集『夜の集い』(一五八四年) 第九話で借用する。

（9）ギリシアの抒情詩人。「詩は絵画のごとく」という表現で有名。またキケロによって、記憶術の発明者ともされている。ヒエロン（一世）は、シュラクサイ（現在のシラクーザ）の僭主で、シモニデスを宮廷に招き、詩人は終生この地にとどまった。なお、以下の挿話は、キケロ『神々の本性について』から。

なにごとにも季節がある

監察官の大カトーと、自殺した小カトー(1)とを比較する人は、似た形状をした、ふたつのりっぱな性質を比較することになる。前者は、多方面に才能を発揮し、軍事面での功績や公務への貢献においても、後者よりもすぐれている。けれども、小カトーの美徳は、はるかに混じりけのないものであって、その強靭さを、他の者の美徳と比較することなど、冒瀆でしかない。実際、大カトーの勇気から、嫉妬や野心を取りのぞけるものだろうか。人柄のよさなど、あらゆる特質において、自分はもとより、同時代のだれよりもはるかにすぐれていた、あのスキピオの名誉を、彼は大胆にも、攻撃したことがあったではないか(2)。

この大カトーに関してはいろいろといわれているが、なかでも、彼が最晩年にギリシア語を習い始めて、それが、長年の渇をいやすかのごとくに、実に熱心なものであったということがある。しかしながら、わたしからすると、これは彼にとってさして名誉なことだとは思えない(3)。ぼけて、子供に戻るということをいうけれど、まさにこれでしかない。よいものであれ、なんであれ、ものごとには季節がある。わたしだって、見当ちがいのときに主への祈りを唱えてしまうかもしれない――軍団を率いたティトゥス・クインティウス・フラミニウス〔ローマの将軍〕が、戦いには勝利を収めたものの、戦闘のさなかに、ひとり離れて、一生懸命に神に祈っているところを目撃されたがために、告発されてしまったのと同じように。

賢い人間は、りっぱなおこないにさえ限度をもうける。（ユウェナリス『風刺詩集』）

クセノクラテス〔ギリシアの哲学者〕がずいぶん年老いてからも、熱心に学校の勉強をしているのを見たエウデモニダス[4]は、「いまだに学習しているなんて、この人は、いつになったら知恵がつくのだろう」といったともいう。

またフィロポイメン〔ギリシアの将軍〕は、プトレマイオス王が毎日武術の訓練をして体を鍛えているのをほめそやす人々にむかって、「あの年齢にもなって、国王たる者が鍛錬しているのは、賞賛すべきこととはいえない。むしろ、今後は実際に武器を使うべきではないのか[5]」と語った。若者が準備をおこない、老人はそれを享受すべきなのだと、賢者たちはいう。彼らがわれわれのなかに認める、最大の悪徳とは、われわれの欲望が、たえず若返るということなのだ。われわれはつねに、生きることを再開している。われわれの勉学や欲望にしても、いずれ、いかにも年寄りじみたものになりかねない。でも、たとえ片足を墓穴につっこんでいても、われわれの欲望や目的は、次々と生まれてくるのだ。

きみは、自分の葬儀が迫っているくせに、大理石を切らせ、墓石のことなど忘れて、家を建てている。（ホラティウス『叙情詩集』）

わたしの場合、もっとも長期の計画でも、一年は越えない。今はもう、終わらせることしか考えていないのだ。新たな希望や企てなどは手放し、立ち去るすべての場所に対して、最後の別れをつげる。そして、毎日、自分の持っているものを処分していく。《もうずっと前から、わたしには損も得もないのだ。これからさきの道のりに十分な、路銀があるのだから》（セネカ『書簡集』）。

わたしは生きた。運命に与えられた行程は歩き終えた。（ウェルギリウス『アエネイス』）

結局のところ、わたしが老年に見いだすなぐさめとは、人生を不安にさせてきた、多くの欲望やら心配を老いが弱めてくれたことにほかならない。世の中の成り行きに対する心配とか、富や権勢、学問や健康や自分のことへの心配をやわらげてくれたことなのだ。ところが大カトーときたら、永久に口をつぐむことを学ぶべき時に、話すことを学んだではないか。いつまでも勉強や思索を続けるのはいいけれど、学校通いはいけない。老人がイロハを習うなど、おろかなふるまいなのである。(6)

人の好みはさまざまだ。なんでも、どの年齢にでもふさわしいとはかぎらない。（マクシミアヌス『哀歌』）

勉強するならば、われわれの状況に合った勉強をしようではないか。そんなに年をとっているのに、なんのために勉強するのかと聞かれた人が、「よりよく、また、より安んじて、あの世に旅立つためだ」と答えたというが、われわれも、こんなふうに返事ができればいい。小カトーの勉強こそは、このようなものだった。彼は自分の死が近いのを感じたころに、霊魂の不滅という、プラトンの議論に出会ったのだ。(7)もっとも、彼が、黄泉《よみ》の国への旅立ちに対するあらゆる備えを、それまで長いこととしてこなかったわけではないことは、ここで確認しておく必要がある。心の落ち着きと確固たる意志と知識というならば、彼は、プラトンが著作で示しているより、はるかに多くのものを持ち合わせていた。この点に関して、彼の知識と勇気は、哲学をしのいでいたのだ。つまり彼は、自分の死に役立たせるために、勉強に身を入れたのではなかった。あのように重大な決心をしても、眠りを中断することさえなかった人間にふさわしく、別になんのえり好みもなく、なんの変更もなく、その人生の習慣となったほかのことと同じように、勉強を続けたにすぎない。

執政官の職につけなかった晩、小カトーは遊んですごしたという。これから死ぬのだという晩は、本を読んですごしたという。職務を失うことも、命を失うことも、彼にとってはひとつのことにすぎなかった。(8)

（第二巻二八章）

（1）小カトー（前九五—前四六）は、大カトー（前二三四—一四九）の曾孫。大カトーは、監察官として厳しく風紀を取り締まったため、「ケンソリウス（監察官の、手厳しい）」というあだ名をちょうだいした。

（2）大カトーは政敵のスキピオ・アフリカヌスを告発、スキピオは失意のうちに政界をしりぞいた。

（3）大カトーが晩年になって、それまで忌みきらっていたギリシア文化との和解をはたしたと、同時代人は賞賛した。だがモンテーニュは、プルタルコス『対比列伝』「大カトー伝」とともに、それに反駁している。

（4）エウデモニダスは、正確にはエウダミダス。スパルタ王アルキダモスの息子。以下も、プルタルコスより。

（5）プルタルコス『対比列伝』「フィロポメイン」。
（6）このあたり、大カトーに託して老年の価値を称揚したキケロへの反発が感じられる。cf. キケロ『大カトー・老年について』中務哲郎訳、《キケロー選集9》岩波書店。
（7）cf. プルタルコス『対比列伝』「小カトー伝」。『パイドン』のことであろう。
（8）セネカ『書簡集』七一、より。

後悔について

ほかの人々は人間をかたちづくるけれど、わたしは人間のことを語り、いかにも不細工なひとりの個人を描き出す。もしも、この男を新しくつくり直せというのなら、きっと今とはずいぶんちがったものにするだろう。でも、もうできあがってしまったのだから仕方ない。さて、描き出すその線なのだが、なるほど、さまざまに変化したり、こまかく分かれたりするとはいえ、道をそれることはない。世界は、永遠のブランコにほかならない。そこでは、すべてのものが絶えず揺れ動いている。大地も、コーカサスの岩山も、エジプトのピラミッドも、世界全体の運動と自分自身の運動によって、揺れ動いているのだ(1)。恒常性とかといったところで、むしろ、より怠惰な運動ということにすぎない。だから、わたしにはどうしても、対象をしっかり固定できないのだ。なにしろ相手は、生まれながらの酔っぱらいであって、もうろうとして、ふらついた足取りで進んでいくのだから。そこでわたしとしては、自分が対象とかかわる瞬間に、ありのままの姿をとらえるしかない。つまり存在を描くのではなくて、推移を描くのだ——それも時代ごとの推移でも、庶民がよくいう七年ごとの推移でもなく、(2)日々の、時々刻々の推移を描くしかない。わたしの話すことも、すぎていく時間に合わせる必要がある。このわたしもまた、ただ偶然によってだけではなく、自分の意志で変わるかもしれないのだから。

ここにあるのは、さまざまに変転するできごとと、ときとして矛盾した不安定な思考の検証記《コントロ》録《ール》である。そこでは、わたしが別のわたしになる場合もあるし、多くの主題を、別の状況や観点からとらえることもある。したがって、ひょっとすると自分で矛盾したことをいうかもしれないけれども、デマデス〔アテナイの政治家・雄弁家〕も述べているように、けっして真実に反するようなことはいわない。もしもわたしの魂が、しっかりと地に足をつけているならば、自分をあれこれと試したりしないで、はっきり心を決めたにちがいない。だが、わたしの魂は、いつだって修行と試みのさなかにあるのだ。

わたしは、つましく、輝きもない生活を披露するわけだが、それはそれでかまわない。人生についての哲学というものは、豊かな実質をともなった生き方にも、また、市井の一個人の生き方にも、あてはまるのだから、これでいいのだ。人間はだれでも、人間としての存在の完全なかたちをそなえているのである。(3)

世の著作家たちは、なにか特別で、いっぷう変わった特徴によって、自分の存在を世間に示そうとする。だがわたしは、文法家でも、詩人でも、法律家でもなく、まさに人間ミシェル・ド・モンテーニュとして、わたしという普遍的な存在によって自分を示すところの、最初の人間となるのだ。[4] 人々に、おまえは自分のことをしゃべりすぎるぞと不満をいわれても、わたしとすれば、彼らこそ、自分のことを考えもしないくせにと、逆にいってやりたいくらいなのだ。

それにしても、これほど私的な生活を送っていながら、自分のことを世間に知ってもらいたいなどと思うのは、はたして理にかなっているのだろうか？　手を加え、技巧をこらすことが大いに信用され、また権威をもつような世の中に向けて、生のままの、単純な事実を、それも、きわめて弱々しい現実を示すのが、正しいことなのだろうか？　学識も技術もないくせに、書物をこしらえようなどとするのは、たとえば、石もないのに城壁を築こうとするようなことに等しいのではないのか？　音楽の曲想は技巧《アール》に導かれるものだけれど、わたしの想念の場合、偶然《ソール》に導かれたものにすぎないのだ。

そうはいっても、自分で理解して、わかっている題材を、わたしが手がけた題材でしているほど、うまく取り扱った人間は、これまでいなかったわけで、少なくとも、この点では、きちんと技巧という教えにのっとっているのだ。つまり、この主題について、わたしは、現存する人間のなかではもっとも造詣が深いということだ。第二に、これまでだれも、わたしみたいに、自分という素材の奥まで入り込んだことはなかったし、その枝葉末節にいたるまで、細かく検討したことなどなかった。自分が定めた目標に、わたしほど正確に、また確実に到達できた人間はいないのだ。この目標を達成するのに、わたしが必要としたのは、忠実さだけであった。ここには、もっとも真摯にして、純粋な忠実さが存在する。

わたしは本当のことをお話しする――好きなだけすべてをいうというわけではないものの、いうべきことはいわせてもらう。おまけに年をとると、次第に思い切りもよくなる。このぐらいの年齢ともなれば、どうやら長年の習慣が、自由におしゃべりしたり、自分のことを遠慮なく語ることを許してくれるらしいのだ。職人とその仕事がくいちがっていることを、よく見かけるけれど、ここではそうしたことは起こりようがない。すなわち、話してみると実にりっぱな人間なのに、こんなおろかなものを書いたのかとか、話をしてもつまらない人間から、これほど学殖にみちた著作が生まれるのだろうかといった心配は無用である。

ありふれた会話しかできないのに、価値ある書物が書けたというのは、その人の能力が、それを借りてきた場所に存在し、その人の内部には存在しないことを意味している。もちろん、学識ある人間が、すべてにわたって学識があるわけではない。しかしながら、十分な能力を持ちあわせている人間は、すべてにおいて能力があるものだ。無知にかけても能力があるのだ(5)。

ここでは、わたしの本とわたしとが歩調を合わせ、いっしょに進んでいく。ほかの場合なら、作品を作者とは切り離して称賛したり、批判したりできるけれど、ここではそうはいかない。一方にふれるならば、他方にふれないわけにはいかないのだ。このことをわきまえずに作品を批判する人は、わたしを傷つける以上に、自分を傷つけることになる。また、このことがしっかりわかってくれた人こそ、結局は、わたしをすっかり満足させてくれた人ということになる。人々の称賛にあずかるとしても、「この人に学問があれば、それをうまく役立てられたはずなのに」とか、「この人は、もう少し記憶力に助けられてもよかったのではないか」とかいうふうに、判断力のある人々に感じてもらえるなら、それこそ身にあまるしあわせというしかない。

「わたしはめったに後悔しない」とか、「わたしの良心は、みずからに満足しているとはいえ、それは天使の良心としてでも、馬の良心としてでもなく、ひとりの人間の良心としてなのだ」といったことを、わたしがしばしば口にすることについては、もう、ここであやまってしまいたい。でも、例によって、次のような口ぐせも付け加えておきたいのだ。つまり、「わたしは、探求する人間として、無知な人間として話しているのであって、その決定については、社会全体の、法にかなった意見に、ひたすら委ねます」ということだ。心からの服従の念をこめていっているのであり、単なる社交辞令などではない。わたしは人に教えるつもりなどなく、物語るだけなのである。

本当の悪徳で、人を傷つけず、公明正大な判断によって非難されないようなものはない。そこにはどうみても明らかなみにくさや欠陥があるのだから、悪徳は、なににもまして愚かさと無知によって生まれるといういい方は、おそらくは正しい。そうした悪徳を知りながら、それを憎まないなどということは、想像しがたいではないか。邪悪な心というものは、自らの毒のほとんどを吸いこんで、自家中毒におちいる(6)。悪徳は、潰瘍《かいよう》が肉のなかにきずあとを残すように、心に後悔を残し、心は、たえず自分をかきむしっては血にまみれる(7)。というのも、理性が、そのほかの悲しみや苦しみを消してくれるかわりに、後悔という苦しみを生み出すのである。しかも、それは内部から生まれてくるだけに、よけいにつらい。熱病による寒気とか熱さが、外気よりも、はるかに身を刺すのと似ている。したがって、わたしは、理性や自然によって非とされるものを悪徳とみなすだけではなく——もちろん、そこに程度の差はある——、世間の考え方が作り上げた悪徳もまた、仮にその考え方がいつわりで、まちがっていたとしても、法や慣習が認めているならば、悪徳とみなすことにしている。

これと同じで、よきおこないは、高貴な心を、かならず喜ばせる。よいことをすれば、われわれは心からうれしくなって、なにかしら満足した気持ちになるのだし、良心にはつきものの、気高い誇らしさを感じることができる。たしかに、どうしようもなく邪悪な人間が、泰然自若としていることもあるかもしれないが、彼らには、こうした満足や喜びを手に入れることはかなわない。これほどまでに堕落した時代なのに、そうした風潮に染まることなく、身を守ったと感じることは、大きな喜びではないか。そしてまた、「わたしの心のなかをのぞいてください。だれも苦しめたり、破滅させたりしたこともありません。仕返しや嫉妬をしたことも、法律をおかしたこともありません。政変や騒擾をくわだてたこともないし、約束にそむいたことがないのも、おわかりですよね。この乱れた世の中が、よからぬことを教え、そそのかしているかもしれませんが、わたしは、フランス人の財産や財布に手を出すようなことはしませんでした。戦時にあっても、平和時にあっても、ひたすら自分の財布に頼って生きてきました。賃金を払わずに、他人を働かせたことなどありませんよ」と、誓えるとしたら、これはささいな喜びなどではない。良心がこのように証言してくれると、人間はうれしいのだし、こうした自然の喜びは、われわれにとっては大きな利益なのである。これこそ、確実にもたらされる唯一の報酬といえよう。

それにひきかえ、他人の称賛を根拠にして、それが徳の高い行為の報酬だと考えるのは、あまりに不確実にして、あやふやな土台にもとづいたものとしかいいようがない。とりわけ、現代のような、腐敗した、無知な世の中にあっては、よい評判はむしろ有害でさえある。称賛すべきものをたしかめるのに、あなたはだれを信頼するというのか？　名誉のことばかり気にして、毎日、自分のことばかり語っている人を見かけるけれど、こうしたごりっぱな人間になど、わたしはなりたくもない。《かつては悪徳であったものが、いまではふつうのことになった》（セネカ『書簡集』）ということなのである。

わが友人のなかには、ときおりわたしを率直に非難し、説諭してくれる連中もいた。彼らが進んでそうしたこともあれば、こちらから願い出た場合もあったけれど、それは、よくできた魂からすると、役に立つばかりではなくて、気持ちもよかったし、いかなる友情の義務をも越えるようなものだった。だからわたしは、つねにそれを、礼儀正しく、感謝の念をこめて、それこそ両手をいっぱいに広げて歓迎した。しかしながら、今になって、正直なところをいわせてもらうと、彼らの非難とか称賛のなかには、あやまった尺度もずいぶん見いだされた。つまり、彼らの流儀にしたがってふるまうより、むしろそうしないほうが、まちがいが少ないようにも思われるのである。

とくにわれわれのように、自分だけにしか見えない私生活をおくる人間は、内面にしっかりした規範をつくっておいて、われわれの行動の試金石としなければいけないし、その規範にのっとって、ときには自分を優しくなで、ときには懲らしめる必要がある。わたしは、心のなかにわが法律と法廷をもっていて、自分を裁くのだし、ほかのどこよりもここに出向いていく。自分の行為を制限するときは、他人にあわせるものの、それを広げるときは、自分だけにしたがう。あなたが臆病で残酷なのか、あるいは忠実で献身的なのかを知っているのは、あなたしかいない。ほかの人たちに、あなたは見えない。あやふやな推測によって、あなたのことをおしはかるだけで、あなたの本性ではなく、技巧を見ているにすぎないのだ。だから、彼らの判断など気にせずに、自分の判断にこだわればいい。《あなたが用いるべきは、あなたの判断》（キケロ『トゥスクルム荘対談集』）なのだから。《徳と悪徳の判断は、良心に重くのしかかってくる。だが良心をどけてしまえば、すべてが崩れてしまう》（キケロ『神々の本性について』）のであるから。

けれども、「悔悟の気持ちは、罪のすぐあとをついてくる」ということわざは、がちがちに守りをかためて、まるでわが家にでもいるみたいに、われわれの内心に宿る罪には、当てはまりそうにもない。不意にわが身にとりついて、情念をそちらのほうにさらっていくような悪徳ならば、身に覚えがないなどと否認できようが、長いあいだの習慣によって、強くたくましい意志のなかに根づき、がっちり錨をおろしてしまった悪徳は、反論のしようがない。後悔とは、われわれの意志の否認にほかならず、われわれが思い描いたことに対する異議なのであって、われわれを方々に引きずりまわす。そして、人は後悔すると、過去の徳や禁欲までも否定してしまう。

わが心よ、なぜおまえは若い頃の気持ちになれないのだ。なぜこの心に、かつての汚れなき頬がもどってこないのだ。（ホラティウス『叙情詩集』）

心の内面までも、しっかりと秩序を保てるような生活は、実に希少なものといえる。田舎芝居に加わって、舞台でりっぱな人間を演じることなら、だれにでもできる。でも重要なのは、すべてが許され、すべてが隠されている心のうちで、つまりは、内面において規律正しいことなのだ。

その次の段階、それは家のなかでの、だれにも説明しなくてもいいようなふだんの行動のなかで、つまりは、なんの計算も技巧もいらない場所で、規律正しいこと。だからこそビアスも、すぐれた家庭のありさまを描くにあたって、「一家の主人が、家のなかで自然にしているのが、外で、法律や人のうわさを気にしているのと同じような状態であることだ[8]」といったに相違ない。また、職人に、三千エキュ出せば、お宅を隣りの人たちから覗かれないようにしてあげますといわれたユリウス・ドルススは、「きみたちに六千エキュ出そう。どこからでも見えるような家にしてくれないか[9]」と、あっぱれな返事をしたという。そしてアゲシラオス〔スパルタ王〕は、旅先では、人々のみならず、神々からも、自分の私的なふるまいが見えるようにと、神殿に寝泊まりする習慣であったと伝えられるが、これもまた尊敬にあたいする[10]。某氏などは、世間からはすばらしい人間だと思われていたものの、妻や召使いたちからすると、りっぱなところなど全然なかったとのこと。使用人たちからも敬服される人間というのは、本当にすくない。

どのような人であっても、自分の家のみならず、故郷においてもけっして預言者ではなかった[11]ことは、歴史の経験が教えてくれる。ごくささいな事柄についても、これはあてはまるわけで、次のような卑近な例にも、りっぱな実例の似姿が見てとれる。わが地元ガスコーニュでは、わたしの書いたものが印刷に付されると、人々はなんて妙なことだと考える。ところが、わたしに関する知識が、わが住まいなるものから離れると、それだけ、わたしの価値は高まるのだ。ギュイエンヌ地方では、わたしが印刷業者に金を出すが、ほかの場所では、印刷業者が金を出してくれるではないか(12)。ちゃんと生きているのに、身を隠し、もう死んでしまって、この世にはいないかのように思わせて、評判を獲得しようという連中も、こうした計算をしているのだ。わたしはむしろ、そんなに評判にならなくていい。世間から引き出せるだけの分け前を求めて、世間にわが身をさらしても、そこから先は、もうなんの義務もない。

公務を終えて帰宅する貴人を、民衆が感嘆の念をいだきながら、戸口まで送ってくる。ところが彼は、衣服といっしょにその役職も脱ぎすてるから、それまで高くのぼっていたぶん、どすんと下に落ちることになる(13)。家のなかに一歩入れば、すべては混乱と卑俗さにすぎない。たとえ彼のなかに秩序があるとしても、こうした私的なふるまいの低俗さのなかに秩序を読みとるには、鋭敏にして、選りすぐりの判断力が求められる。おまけに、秩序なるものは、目立つことのない、くすんだ感じの徳ときている。城壁の突破口から攻めこんだり、使節団を率いたり、人民を統治するなどというのは、はなばなしい行為である。これに対して、叱責したり、笑ったり、売ったり、支払ったり、愛したり、憎んだり、そしてまた自分自身や家族と、静かに、折り目正しく付きあったりして、放縦に流れず、いうこととすることが矛盾しないようにするというのは、もっと稀で、困難でありながらも、けっして目立つことのない行為なのである。したがって、引退した生活というものは、世間がなんといいおうとも、それ以外の生活と同じくらい、いやそれ以上に、きびしく、張りつめた義務を負っているのだ。「ただの市民のほうが、官職にある者よりも、徳のために奉仕している――よほどりっぱに、また困難をのりこえて」（『ニコマコス倫理学』）と、アリストテレスがいっているとおりだ。われわれが大きな機会にそなえるのは、良心からというよりも、むしろ名誉のためであろう。だが、名誉に達する捷径とは、名誉のためにすることを、良心によっておこなうことかもしれない。

かのアレクサンドロスが人前で示す勇気は、ソクラテスが、卑近で、目立たない行為で示す勇気とくらべると、はるかに力強さに欠けているように思われる。アレクサンドロスの場所にいるソクラテスを想像するのはたやすい。しかしながら、ソクラテスの場所にアレクサンドロスがいることなど想像できはしない。アレクサンドロスに「あなたはなにができるのですか」と尋ねたならば、「世界を征服することだ」という返事が返ってくるだろう。でも同じことをソクラテスに問うたなら、「人間としての生き方を、その自然の状態に合わせて営んでいくことだ」と答えるにちがいない。まさに、はるかに普遍に通じたところの、重みのある、正当な学識ではないか。

精神の価値とは、高みにのぼることではなく、秩序正しく進んでいくことにある。魂の偉大さは、高い場所ではなしに、むしろ月並みさのなかで発揮される。われわれを内面から判断し、そこに触れてみる人ならば、外部に現れたわれわれの行為のはなばなしさを買いかぶることなく、そうしたものは、むしろ、泥がまじり、淀んだ水底からふき出てきた噴水にすぎないと見分けることができる。ところが、同様の場合でも、われわれを、こうした派手な外観によって判断する人ときたら、その人間の内部の組成もそのようなものだと決めつけてしまう。自分たちと似たような、いわばありふれた能力というものと、自分たちには及びもつかない、驚異の能力とが、実は表裏一体のものであるなどとは想像もできないのだから。

われわれが悪魔に対して異様な形状を与えるのも、こうした理由による。またティムール(14)に対してならば、だれだって、その雷名から思い描くイメージに合わせて、つりあがった眉、かっと開いた鼻孔、おそろしい顔つき、人並みはずれた身の丈を与えるにちがいない。あるいは、もしもわたしが、ありし日のエラスムスに拝顔の栄に浴していたならば、彼が召使いや宿屋の女主人にいったことをなんでも、とにかく格言や箴言として受け取ってしまったかもしれぬ。一介の職人ならば、便器や妻にまたがっている姿を、はっきりと想像できるけれど、その物腰も能力も尊敬にあたいする長官のような場合はそうはいかない。彼らが、こうした高い地位から、日常生活の場までおりてくるようには思われないからだ。

邪悪な心も、なにかしら外からの刺激によって、善行へとみちびかれることがよくあるように、高潔な心が、悪行をそそのかされることもある。だから、そうした心というものは、落ち着いた状態のときに判断しなければいけない。つまり、魂が自分の家にいるときに——まあ、そうしたことがあるとしての話だけれど——、あるいは少なくとも、魂が休息により近い状態にあって、自然なバランスがとれているときに判断する必要がある。生まれついての傾向というものは、教育の力を借りて強化されるとはいえ、それが変わったり、克服されることはまずない。わたしの時代にだって、無数の天性が、それに対立する教育をやりすごして、あるいは美徳へと、あるいは悪徳へと向かったのだ。

猛獣が、森での生活を離れて、檻に閉じこめられて、飼い慣らされ、威嚇する姿を忘れ、人間にしたがうことを学んだとしても、その飢えた口に、ほんの少しばかりの血が入ると、凶暴な野生がもどってくる。そして血の味を思い出して、のどをふくらませ、猛り狂って、恐怖におののく主人にも飛びかかっていこうとする。（ルカヌス『ファルサリア』）

こうした生来の性質なるもの、それを根だやしにすることはむずかしく、覆いかくすのがせいぜいである。たとえば、わたしにとってのラテン語などは母語のようなもので、フランス語よりもよくわかる。(15)とはいっても、話したり、書いたりするのに全然使わなくなってから、かれこれ四〇年がたっている。それでもやはり、これまでの人生のなかで二、三回、急に、ものすごく感きわまったことがあって、そのときにはまっさきに、腹の底からラテン語のことばが飛び出してきた。たとえば、健康そのものであった父が、突然気をうしなって、わたしに倒れかかってきたときなどが、そうだった。自然なものというのは、長年の習慣などものともせず、力ずくで頭をもたげてくる。わたしのような実例は、他の多くの人々にもあてはまることだ。

わたしの時代には、新しい考え方によって、人々の生活習慣をあらためる努力がなされたけれど、それは、いってみれば悪徳のうわべだけを改革しているにすぎず、悪徳の根元は、まあ、それをさらにはびこらせるようなことはないとしても、放置されているのが実情だ。したがって、悪徳が蔓延するおそれだって大いにある。手軽に、大きな効果をあげられる、こうしたうわべの改革にあぐらをかいて、それ以外の善行などは、どれもなしですまそうとしているではないか。つまり、われわれの内部にあって、いわば血肉と化している、それ以外の悪徳を、安っぽく満足させてしまっているのだ。

このことに関して、われわれの経験がいかにふるまっているのか、少しは気をつけてみたらどうか。自分の心に問いかけてみるならば、だれでも、自分を支配している、自分だけのかたちというものがあり、教育に対して抵抗し、そのかたちにさからうような激しい情念につっかかっていくのを発見するにちがいない。

もっともわたしの場合、そうした激情にあまり揺り動かされることがない。たいていは、ずしりと重い物体のように、自分の場所にいすわっている。自分の家にいないとしても、つねに、そのすぐ近くにいる。脇道にそれたとしても、遠くまで連れて行かれることはない。いささかも、極端で異常なところがないのだ。だから、健全に、力強く、正道に立ち戻れる。

今日の人々に共通してあてはまる、本当の罪は、引退した生活でさえ、腐敗と汚辱にまみれていることだ。改悛に対する考え方はにごっているし、贖罪の心は、病んで、あやまりにみちており、ほとんど罪にも等しい。生まれつきの因縁で、あるいは長年の習慣で、悪徳にぺったりと貼りついているせいか、そうしたみにくさに気づかない人がいる。またなかには、——実は、わたしもこの部類に入るわけなのだが——、悪徳が重荷になっていても、快楽だとかなんとか理由をつけて、そのバランスをつりあわせてしまい、一定の代償を支払って、そうした悪徳を許容し、それに身をゆだねてしまう人もいる。でも、それはやはり、モラルに反した、卑怯なふるまいであろう。

しかしながら、ひょっとしたら、両者のあいだには、公平に見ても、快楽が罪を許してしまうほど大きなちがいがあるのかもしれないと、疑ってみるべきかもしれない。有用であるならば、少しぐらい徳に欠けていても大目に見ようというのと同じ理屈である。盗みのように、快楽が、その罪の外部に付随している場合だけではなくて、その誘惑は強烈であって、ときに抑えがたいものだとされる、女性との性的な交わりのように[16]、罪の実行そのものが快楽である場合についても、このように考えてもいいのかもしれない。

先日、アルマニャック地方[17]の親類の土地にでかけた折りに、みんなから泥棒と呼ばれているひとりの農民に出会った。この男は、自分の人生について、こんなふうに話してくれた。

――わたしは乞食に生まれたために、自分の手で働いて稼いでも、貧乏暮らしに負けないほど身を立てることはできそうにないと思って、結局、泥棒になることに決めたのです。若い頃は、ずっと、泥棒稼業でやってきたのですが、なにしろ体力もありましたから、一度も捕まりませんでした。ひとさまの土地から、穀物やらブドウやらを失敬したわけですが、遠くまで行きましたし、ひとりの人間が、一晩のうちに、背中にかついで失敬してくるなどとは想像できないほど、大量に盗んだものです。おまけに、被害を、あちこちに、均等に散らしましたから、ひとりひとりの損害は、がまんの度を超えていなかったという具合なのです。


そして彼は、「今では年をとりましたが、この商売のおかげで、自分のような身分の者としては裕福なのです」といって、泥棒稼業のことをあけすけに告白すると、こう付け加えたのだ。

――その稼業からのかせぎについて、神様と折り合いをつけるために、わたしは日頃から、自分が盗みに入った家の跡継ぎたちに恩恵をほどこすことで、埋め合わせをしようと心がけています。とはいっても、一度に全部を埋め合わせることなどできませんから、わたしの代で終わらない場合には、どうするかといいますと、わたしだけは、だれにどれだけの被害を与えたのか知っていますから、わが相続人が、その程度に応じてお返しする義務を果たすように、きちんと手配しておくつもりです。

真偽のほどは定かではないけれど、この話からすると、この男は泥棒を恥ずべき行為だと考えて、嫌ってはいるものの、貧困よりはましだと思っているのだ。盗みという行為自体は、後悔しているが、その行為も、このようにして埋め合わせができるし、償うことができると考える点では、後悔していないことになる。このような例というのは、われわれを悪徳と一心同体にさせ、われわれの判断力をも悪徳に順応させてしまう、あの習慣なるものとは異なるし、また、われわれの魂をゆさぶっては、たえず混乱させ、盲目にして、判断力でもなんでも、一時的に悪徳の支配下につき落としてしまう、あの嵐のような激情ともちがっている。

わたしは日頃から、自分がすることは、自分全体でしているし、自分がひとかたまりになって歩いていく。わたしの理性の目を逃れて、隠れおおせるような動作はまずない。いかなる動きも、その内部には分裂も謀反もない、わたしの各部分の合意によって、たいていは導かれていくのだ。したがって、あやまちにしても、あるいは賞賛にしても、わたしの判断力がまるごと引き受けることになる。だから、ひとたび判断があやまれば、それを持ち続けるしかない。なぜならば、わが判断力は、ほとんどその誕生のときから、ひとつのものであって、同じ傾向を、同じ道筋を、同じ力を持っているのだから。わたしの一般的な考え方に関していえることは、子供の頃から、自分がいるべき場所に、きちんと身を落ち着かせてきたということだろうか。

突然にして、発作的におそってくる、激烈な罪というものもあるものの、それは別にしておこう。しかしながら、それ以外の、熟慮反省したあげくに、何度も繰り返された罪、あるいはまた、個人の気質に由来する罪、そして仕事や職業にまでなった罪については、それが、そんなに長い間、一個人の心のなかに根をおろしていたというのは、それを宿す人間の理性や良心も、そのことをつねに望み、そのように了解していたのだとしか、わたしには思えない。後悔が、決められた時間にしっかり訪れますなどと、本人が申し開きをしても、わたしにはちょっと考えがたい。

ピュタゴラス派の人々は、「神託を受けるために神々の像に近づくとき、人間は新しい魂を獲得する」というけれど、わたしはこの意見にはしたがわない(18)。ただし、ピュタゴラスが、われわれの魂は、そうした礼拝にふさわしい、清浄さや純潔さのしるしを示すことが、あまりに少ないから、神託をうかがう機会にそなえて、魂が異質の、新しいものになる必要があるといいたかったとすれば、話は別である。

人々は、ストア派の教えと正反対のことをしているのだ。ストア派は、われわれに対して、自分で自覚している欠点や悪徳を直すべきことを、厳しく命じても、そのことで心の平静を乱すようなことは禁じている。ところが人々は、自分の欠点や悪徳について、内心でとても悩み、後悔しているかのごとく思わせておいて、そのくせ、改心したり矯正したり、あるいは中断したような姿を、少しも見せることがない。病気を追い払わなければ、治癒したとはいえないではないか。もしも後悔なるものが、天秤の片方にずしりと乗るならば、それは罪にも勝るものとなるであろうに[19]。思うのだけれど、信仰心は、それに生活態度や品行を合わせなくてもいいものだということなら、そのふりをするのがこれほど簡単なものはない。信仰心の本質が、難解で、隠密なものでも、その外見は、華麗にして、容易なものという話になる。

　さて、このわたしだって、だれか別人になりたいと望んでもおかしくはない。自分の常に変わらないかたちを非難して、それに満足できずに、わたしを全部作り変えてください、わたしの生まれつきの弱さをお許しくださいと、神様に頼みこむことだってありうる。しかしながら、これを後悔と呼んではいけないと思う。自分が天使でもなければ、小カトーでもないという不満[20]を、後悔と呼べないのと同じことなのだ。わたしの行為は、わたしの存在と状況に合わせて調整されている。それ以上のことはできはしないのだ。そもそも後悔《ルパンティール》というものは、われわれの力の及ばないものごととは関わりのないことであって、それはむしろ無念《ルグレ》と呼ぶべきであろう。

　わたしにしても、自分の本性よりも、はるかに高邁にして、規律ある本性を、数かぎりなく思い浮かべたりする。とはいっても、それで自分の能力が改善されるわけではない。他人の強靭な腕力や精神を思い浮かべたって、自分の腕力や精神が、それ以上に強靭なものにならないのと同じことだ。もしも、われわれより、もっと高貴なふるまいを想像したり、願ったりすることで、自分のふるまいを後悔する気持ちが生まれるというのなら、まったく罪のない行為についても、後悔しなければいけなくなってしまう。というのもわれわれは、もっと卓越した本性の持ち主なら、そうした罪のない行為も、より完璧に、りっぱにおこなったのではないのかと考えて、自分もそれにあやかりたいと思ってしまうからである。

今こうして老年となったわが身に照らして、若いころの行動を考えてみると、わたしとしては、まあ大体いつでも、秩序をもってふるまってきたと思っている。わたしとしては、力のかぎりをつくしているのだ。別段、うぬぼれるわけではないものの、同じような状況にあれば、わたしは、この先いつだってそのようにふるまうだろう。部分的にではなく、わたしの全身に、そのような色がしみついているのだ。うわべだけで、中途はんぱな、そしてかたちばかりの後悔など、知るよしもない。それが後悔というのなら、そう呼ぶ前に、あちらこちらからわたしを痛めつけるにちがいない。そして、あたかも神がわたしを見ているように、深く、全体にわたって、わたしのはらわたをかきむしり、苦しめるに決まっているではないか。

わたしは仕事においては、それを手際よく運ぶことができずに、ずいぶんと好機をのがしてきた。とはいえ、わたしが選んだ方針は、その時々の状況に応じた、適切なものであった。いつでも、もっとも容易にして、もっとも確実な道を選ぶというのが、わたしのやり方だった。これまでの決定をふりかえってみても、提示された状況に応じて、自分のルールにしたがって、賢くふるまったと思っている。だから、千年たっても、似たような状況ならば、同じことをするのではないか。わたしが問題にするのは、このことは今ならどうかということではなくて、そのことについてあれこれ考えていたときにどうだったのかということなのだ。

いかなる決定でも、それが力を発揮しうるかどうかは、そのタイミングにかかっている——状況や中身のほうは、たえず変転するのだから。これまでの人生で何度か、手ひどい、大失敗をしでかしたけれど、それは、当を得た判断ができなかったからではなくて、潮時に恵まれなかったのである。われわれが取り扱うことがらには、秘められた、見抜くことのできない部分があるものなのだ。とりわけ人間の本性などというものがそれで、そこには、おしだまったきり外に現れず、ときには、当の本人も気づかない性質が隠れていて、それが、なにか思いがけない拍子に目覚めて、すがたをあらわすことがある。だから、そうした性質を、わたしの知恵が見通せず、予知できなかったからといって、わたしは少しも不満には思わない。その責務にも限度があるのだ。結果がわたしをうち負かし、わたしがこばんだ決定に味方しても、それはそれで仕方ないのだから、自分を責めたりはしない。むしろ、責めるべきは自分の運であって、自分のいとなみではないわけで、これを後悔とは呼べない。

フォキオンがアテナイの人々に忠告したものの、それが実行されなかった。しかもことは、彼の意見とは反対に、順調に運んだものだから、ある人がフォキオンに、「フォキオン君、どうだい。ことがこんなにうまく運んでしまって、きみは満足かね」と尋ねたという。すると彼は、「このようになって、もちろん満足さ。でも、ぼくはああした意見を述べたことを、少しも後悔などしていないからね」と答えたという。[21] これと同じで、友人に意見を求められると、わたしは、自由に、はっきりといわせてもらう。世間のたいていの人みたいに、「ことはどうもあやふやだから、自分の見方とは反対の結果になるかもしれないぞ。そうなると、わたしの判断が非難されることになる」などと、ぐずぐず考えはしない。そんなことは問題ではない。結局は、彼らはまちがうかもしれない。でもわたしとしては、意見する役目をことわるべきではなかったのだ。

わたしの場合、自分が失敗したり、不幸にみまわれても、自分以外のだれも責めはしない。それに実際のところ、礼儀上、そうすることをのぞけば、他人の意見を用いることなどめったにないのだ。ただし、学問的な知識とか、事実認識が必要なときは、話は別だ。でも、判断力だけが必要な場合はどうかといえば、外からやってくる理屈は、わたしを支えるのに役立ってくれても、思いとどまらせるのにはほとんど役立たない。わたしは、そうした理屈にもすべて、好意的に、きちんと耳を傾けはする。しかしながら、思い返してみると、現在にいたるまで、わたしは自分の理屈しか信じてこなかったのだ。思うに、よそからの理屈というのは、わたしの意志を引きずりまわす、ハエとか、原子《アトム》みたいなものにすぎない。わたしは自分の意見も大して買ってはいないが、他人の意見だってそんなに買いはしない。結局は、運命がきちんとそのつけを支払ってくれるのである。

わたしは他人の忠告を求めない代わりに、人に忠告することもめったにない。人から意見を求められることも少ないし、意見を出しても、したがってもらえることはもっと少ない。おおやけのことでも、私的なことでも、わたしの意見によって立て直されたり、修正された計画など、ひとつも知らない。たまたま、少しばかりわたしの意見にしたがった人々にしても、わたしとはまったく異なる頭脳に、やすやすと操られることになったではないか。とはいっても、わたしは、自分の権威に対する権利と同様に、自分が休養する権利にもこだわりをもっているから、このほうがむしろ好ましいのだ。こんなふうにして、わたしを無視することで、むしろ人は、わたしの原則にのっとっていることにもなる――つまり、完全にみずからのうちに身を落ち着けて、閉じこもるという原則である。他人のことがらに無関心でよく、彼らを守ってやらなくていいというのは、わたしには喜ばしいことなのである。

なにごとであろうと、それが過ぎてしまえば、いかなるふうになろうとも、わたしはほとんど悔やむことはない。「事態はそのようになるのが当然だった。それらは、宇宙の大きな流れのなかに、ストア派のいう、もろもろの原因の連鎖のなかにあるのだ。おまえがいくら強く願い、いくら思い描いても、ものごとのすべての秩序がひっくり返り、過去と未来が逆転でもしないかぎり、おまえの考えでは、それを少しも動かすことなんかできやしない」とでも考えれば、苦しみから抜け出せるではないか。

ところで、わたしは、年寄りにつきものの後悔の念など、大きらいだ。その昔、肉欲から解放されたことに対して、自分は年齢に感謝するといった人がいたけれど、わたしの意見は異なる。いかなる御利益《ごりやく》があろうとも、わたしは無能力に対して感謝することなどありえない。《人間の無力さを最良のものだとするほどまでに、神がみずからの被造物に敵対するようなことは、あるはずがない》（クインティリアヌス『弁論術教程』）。(22)

老年を迎えると、われわれの欲望もまれなものとなる。行為のあとでは、深い倦怠感にとらえられてしまうのであって、そこには良心のはたらきは少しも見られない。悲しみと、弱さが、われわれに、だらしなく、風邪にでもかかったような徳を刻みつけてしまう。自然におこってくる変化に、完全に押し流されて、われわれの判断力を退化させるようであってはならない。かつてのわたしは、若さと喜びにあふれてはいたが、そのせいで、悪徳の表情をした快感を見分けられなかったことはない。そして今は、寄る年波で嫌悪感がつのるとはいっても、快感の表情をした悪徳が見分けられないことはない。現在のわたしは、もはや青春とも、その喜びとも離れてしまったけれど、それでも、まるでその現場にでもいるかのように、快感について判断をくだす。

わが理性を、激しく、また注意深くゆさぶってみる。すると、なるほど、年をとったせいで、たまたまそれが衰弱したり、退化するようなことがあるにしても、そうしたことを除けば、わたしがもっとも放縦に流れていた年代と少しも変わらないことが判明する。それに、わが理性は、肉体の健康を考えて、そうした快楽にわたしを投げ入れることは拒むとはいっても、精神の健康のためとあらば、昔と同じように、それを拒むようなことはしないだろう。

理性が戦場の外にいるからといって、それがより勇敢だなどとは思わない。わたしに対する誘惑もうち砕かれ、痛めつけられて、わざわざ理性がこれと対抗する必要もない。手をちょっと前にのばすだけで、そんな誘惑は払いのけられるのだから。でも、この理性の目の前に、昔の色欲を置いたならば、昔ほど、その誘惑にたえられるだけの力がないかもしれない。わが理性は、若い頃にしていなかった判断を、内心でおこなっているようには見えないし、なんら新たな輝きを得たとも思えないのだ。

したがって、回復したとかなんとかいっても、それは、病をかかえたままの回復にほかならない。それにしても、自分の健康が病気のおかげだなんて、なんとみじめな治療法であることか。健康を回復させるのは、われわれの不幸がなすべき仕事ではなく、われわれの健全な判断がなすべきことである。ひどい扱いをして、わたしを苦しめても、なにもさせることはできず、それを呪うのがせいぜいだ。そうしたことは、鞭で打たれないと目覚めることがない人々にすればいいではないか。わたしの理性は、よき運命のなかでこそ、より自由に動きまわる。快楽の場合はいいけれど、病気の場合は、それをわが身に組みこもうとして忙しく、理性が逸脱していってしまうのである。よく晴れた天気のほうが、ものがよく見える。病気よりも、健康のほうが、快適に、また有益に、わたしにものを教えてくれる。わたしは、むしろ健康に恵まれていたときに、よりよい、規律ある生活に向かって突き進んでいった。みじめで不幸な老年のほうが、健康で、はつらつとして、たくましかった、あなたのすばらしい年代よりも好ましくあるべきだなどといわれたら、わたしとしては恥ずかしいし、がっくりくる。また、人はあなたを、これまでの存在によってではなしに、そうであることをやめた存在によって評価するはずです、などといわれるのも願いさげにしたい。私見なのだが、人間にとっての幸福とは、しあわせに生きることなのであって、アンティステネスのいうように、しあわせに死ぬことではないのだ[23]。わたしは、堕落した人間の頭部と身体に、まるで怪物さながらに、哲学者のしっぽをつけようとして汲々とするようなことはなかったし、このちっぽけなしっぽが、わが人生の、もっとも美しく、充実した、長い年月を否認したり、うち消したりするはずだなどという覚悟もない。自分のすべての部分を、一様なものとして提示したうえで、見ていただきたいのである。

もう一度生まれ変わるとしても、わたしは、これまで生きてきたように生きるような気がしている。過ぎ去ったことを悔やみもせず、未来をおそれることもない。わたしの思いちがいでなければ、内側についても、外側についても、ことはほぼ同じように運んだのである。わたしの体の状態は、各部分がその時節をえて運ばれていったが、これはわたしが、自分の運命に対してもっとも感謝していることにほかならない。わたしは、わが身体という草がはえ、花が咲き、実がなるのを見てきたし、そして今、それが枯れるのに立ち会っている。しあわせなことではないか。

なぜなら、それが自然のなりゆきであったのだから。わたしは今、いろいろと難儀をしているけれど、これとても、しかるべき時に訪れたのであって、わが過ぎ去りし人生の、長期にわたるしあわせを、いっそう好ましいものとして思い出させてくれるのだから、静かにたえることができる。(24) 同じようにして、わたしの知恵もまた、どの年齢にあっても、同じ背丈であったのかもしれない――もちろん、今のような、老けこんだ、口うるさい、わずらわしいものとはちがって、昔は、はるかに活発で、優雅で、みずみずしく、陽気で、自然なものではあったが。だから、わたしは、その時々の、苦労ばかり多い手直しなど、しないことにしている。

結局のところ、神様が、われわれの心に触れてくるようでなければいけないのである。欲望の衰退によってではなく、理性が強められることで、われわれの良心がすすんでみずからを改善することこそ肝心なのだ。目やにがたまった、かすんだ目で見たとしても、快感そのものが、薄れるわけでも、色あせるわけでもない。節制にしても、禁欲にしても、これを命じられた神に対する敬意によって、それ自体を愛するようでなくてはいけない。鼻がぐずぐずいったり、結石で痛くてしかたがないおかげで、そうなっていても、それは節制でもなければ、禁欲でもない。快楽を味わったこともなく、その魅力や強さを、そしてあらがいがたい美しさを知りもしないくせに、そうした快楽を軽蔑し、それとたたかっているのだなどと自慢するのはおかしい。

わたしは快楽と禁欲の双方に通じているから、はっきりいう資格がある。とはいっても、老年ともなれば、われわれの心は、若い頃とはちがって、もっとわずらわしい病気とか、欠陥におちいりやすいように思われる。若い時分に、わたしがこういうと、まだあごにヒゲも生えてないくせになにをいうのかと、みんなにばかにされた。だが、今では髪の毛に白いものもまじり、信用されるようになったから、ここでもう一度同じことをいわせてもらう。われわれは、自分たちの気むずかしさを、目の前のものごとに対する嫌悪の気持ちを、知恵と呼んだりする。でも本当のところ、われわれは悪徳と縁を切ったのではなくて、それを別のものに、それもわたしの考えでは、より悪いものに変えているにすぎないのである。おろかで、今にも崩れ落ちそうな自尊心、退屈なおしゃべり、とげとげしく、人づきあいの悪い性格、些末なことへのこだわり、そして、使い道もないのに、財産のことをばかみたいに心配することだけではなくて、老いのなかには、ねたみや、不公平さ、いじわるさなどがたくさん見つかる。

老いは、顔よりも、精神に、たくさんのしわをつけるにちがいない。年老いたからといって、すっぱいにおいや、かびくさいにおいがしないような魂など、まずめったに見つかるものではない。成長に向かうときも、減退に向かうときも、人間は全身で進んでいくのである。

あのソクラテスの知恵と、彼の処刑をめぐるさまざまの状況を考えてみても、彼は暗黙の了解のうえで、自分から進んで刑に同意したのではないかと信じたくもなる。というのも、彼はすでに古稀を迎えていて、その精神の柔軟なはたらきが麻痺し、常なる明晰さが曇る寸前であったのだから。

老いというものが、わが知己の面々に、毎日毎日、なんと多くの変貌をもたらしていることか。それは強力な病なのであって、ごく自然に、気がつかないうちに進行していく。老いという病気がわれわれに移す欠陥をさけようとするならば、あるいはその進行を遅らせようとするならば、十分な努力の蓄積がなければいけないし、大いに用心してかからなければいけない。わたしだって、それに備えて一生懸命に、塹壕をあちこちに掘っている。それにもかかわらず、老いが、すぐ間近に迫っているのを、ひしひしと感じるのだ。もちろん、できるかぎりがんばっている。でも、結局のところ、どこに連れて行かれるのかはわからない。いずれにしても、わたしがどこから崩れ落ちていったのかを知ってくださることになれば、わたしとしては満足なのである。

（第三巻二章）

（1）ローマの詩人プロペルティウスに、同様の表現があるらしい。
（2）人間の身体は、七年ごとに新たに生まれ変わると信じられていた。
（3）「人間としての存在」の原文は、l'humaine condition である。「人間の条件」とも訳したいが、「条件」という意味は、この時代には存在しなかったという。cf. 荒木昭太郎『人類の知的遺産29モンテーニュ』講談社、n「人間のありよう」。

(4) cf.「人から〈彼は数学者である〉とか、〈説教者である〉とか、〈雄弁家である〉とかいわれるのでなく、〈彼はオネットムである〉といわれるようでなければならない。この普遍的性質だけがわたしの気に入る」(パスカル『パンセ』ブランシュヴィック版三五/ラフュマ版六四七、前田陽一・由木康訳、中公文庫)。

(5) ソクラテスの「無知の知」というパラドックスが念頭にある。「かつて存在した最高の賢人に、あなたはなにを知っているのかと尋ねると、〈自分がなにも知らないことを知ってますよ〉と答えたという」(第二巻一二章「レーモン・スボン弁護」)。

(6) ストア派のアッタロスのことばで、セネカ『書簡集』にあるという。

(7) 以下、この段落はプルタルコス『モラリア』「魂の平静について」から。

(8) ビアスは、ギリシア七賢人の筆頭。プルタルコス『モラリア』「七賢人の食卓」から。

(9) あるいはリウィウス・ドルスス。ローマの護民官で、甥の小カトーの育ての親。これまたプルタルコスで、「国事を司る人々への教え」から。

(10) プルタルコス『対比列伝』「アゲシラオス伝」。

(11) もちろん、イエスのことば(「ルカ福音書」四、「マタイ福音書」一三、ほか)。

(12) ガスコーニュも、次のギュイエンヌも、フランス南西部の地方の旧称で、要するにモンテーニュの故郷ということ。なお、この段落は「ボルドー本」(モンテーニュ所蔵の一五八八年版)への書き込みである。『エセー』は初版(一五八〇年)も再版(一五八二年)も、地元ボルドーのシモン・ミランジュ書店から、自費出版に近いかたちで刊行された。だが第三巻を含む一五八八年版は、首都パリのアベル・ランジュリエ書店から上梓された。その際、なにがしかの原稿料をもらったということになる。

(13) cf.「世界でいちばん高い玉座の上にあがったとしても、われわれはやはり、自分のお尻の上にすわるしかない」(第三巻一三章「経験について」本書二二七ページ)。

(14) 中央アジアの征服者、モンゴル帝国の創始者。原文は Tamburlan で、別の個所では Tamerlan ともある。「跛者ティムール」Timur-i-Lang というあだ名がヨーロッパに伝わり、ルネサンス時代にはその勇猛ぶりが神話化されていた。

(15) モンテーニュは幼年時代に、家庭教師によってラテン語だけで育てられた。cf.「子供の教育について」(第一巻二六章)。

(16) cf.「ウェルギリウスの詩句について」(第三巻五章)。

(17) 南西フランスの伯爵領で、ほぼ現在のジェール県にあたる。

(18) cf. セネカ『書簡集』、プルタルコス『モラリア』「中断された神託について」。

(19) 天秤は、ふたつの要素を比較考量する際に、モンテーニュによく出てくるイメージ。古来、正邪をはかる審判のシンボルであり、「最後の審判」の図像に描かれている。

(20) 小カトーは、古代人にとって、完璧さの規範であった。cf.「この人は、人間の美徳と毅然とした精神が、はたしてどこまで到達できるのかを示すために、自然が選んだお手本にほかならない」(「小カトーについて」第一巻三七章)。

(21) フォキオンはアテナイの政治家・将軍。この挿話は、プルタルコス『古王名言集』などから。『対比列伝』でも、清廉潔白で、ストイックな愛国者として描き出されている。

(22)「無能力」は impuissance の訳であり、むろん「性的不能」の含みで用いられている。

(23) アンティステネスは、ソクラテスの弟子でキュニコス派(犬儒派)の創始者として、徳ある生活と自由意志を強調した。ここは、ディオゲネス・ラエルティオス『ギリシア哲学者列伝』「アンティステネス」から。

(24) 過去の思い出が、現在の苦しみをいやすという、エピクロス派の主題。

経験について

ものを知りたいという欲望ほど自然な欲望はない(1)。そこで知識へと導いてもらうために、われわれはあらゆる手段を試みる。理性でたりなければ、経験を用いるのである。

経験は、さまざまな実践を通じて技術をつくりだした。実例が道筋を示してくれたのだ(2)。

なるほど、理性に比べると、経験は、はるかに力も弱く、価値も低い。だが、真理とはひじょうに偉大なものであるから、われわれを、そこへ導いてくれるならば、いかなる手段も軽く見てはならない。ところが理性にはたくさんの形があって、どれをよりどころにするのかわからない。また経験についても、似たようなことがいえる。さまざまなできごとを比較しても、それらが異なるものであるために、そこから引き出す結果は確実なものとはいえない。ものごとの姿として、あまねくいえるのは、それらが変化と多様性に富んでいることにほかならない。ギリシア人も、ローマ人も、そしてわれわれも、類似性のもっとも明らかな実例として、卵を引き合いに出すけれど、さまざまな卵の差異を識別して、絶対にとりちがえることのない人間だっていたのだ。デルフォイのある男などがそうであって、彼は、ニワトリをたくさん飼っていたが、どのニワトリの卵かをきちんと見わけたという[3]。

いかなる技術をもってしても、完全に同じものなど作れないし、われわれの仕事には、おのずと差異が入りこむ。ペロゼのようなカード作りの名人が、カードの裏をいくら丹念に磨いて、白くしても、カードを配るときにちらりと見るだけで、見わけてしまう人間がいるものなのだ。差異はものをちがって見せるけれど、類似はものを同じに見せはしない。自然は、似ていないものしか作らないという義務を、みずからに課したのである。

こうした理由から、法律をふやして、それらを細切れにして与えることで、裁判官たちの権威に歯止めをかけようとした、あの人物[4]の考え方は、わたしは好きではない。彼は、法律の制定に負けず劣らず、法律の解釈にも、自由と広がりがあることを理解していなかったのだ。また、聖書で明確に述べられていることばを引き合いに出して、議論を矮小化し、中断してしまおうと考えるような人間も、ひとをばかにしている。それではまるで、意見を考え出すよりも、それに注釈を加えるときのほうが、激しさや、辛辣さは少なくあるべきだとでもいわんばかりではないか。

われわれの精神は、自分の判断を表明するときばかりではなく、他人の判断を検証するときにも、もっと幅広く議論を展開できるのだ。さきほどの人間が、どれほどまちがっていたか、われわれはわかっている。なぜならば、フランスには、世界の残りを合わせたよりもたくさんの法律があるのだから。エピクロスの考える世界全体を規定するのに必要な法則より、もっと多くあるのだ。《かつては犯罪に苦しんでいたけれど、今では多くの法律に悩まされている》（タキトゥス『年代記』）という次第だ。

ところが、裁判官が、自分の意見を示し、裁決をおこなうがままに放置してしまったものだから、これほど強力で、気ままな自由はかつてないという事態が生じてしまった。わが国の立法家たちは、何万もの事例を選び、それに何万もの法律をあてはめたけれど、それでなんの得をしたというのか。人間の行為の果てしない多様性の前では、その程度の数では問題にもならない。いくらたくさん法律を考え出しても、多種多様な事例に追いつくはずがない。さらに、百倍の事例を追加してみるがいい。それでも、将来発生するできごとが、こうして、選ばれて、法律として登録された何千何万という事例のいずれかにあてはまり、それとは異なる判断を考慮する必要が生じる、いかなる状況も差異もないほど、ぴったりと合致しているなどということは、まず起こるはずがない。われわれの行為とは、絶えず変転するものなのであって、固定して動くことのない法律とは、ほとんどかみ合うはずがない。もっとも望ましい法律とは、なるべく数が少なくて、単純で、普遍的なものにほかならない。いや、われわれみたいに山ほどの法律を持つくらいならば、むしろ法律なんか全然ないほうがましかもしれない。

われわれが自分たちに付与する法律より、自然が与えてくれる法律のほうが、いつでもはるかに幸福なものといえる。詩人たちによる黄金時代の描写[5]がいい証拠だし、自然の掟以外はない国々の人々が、どのような状態で暮らしているかを、われわれは現在、目の当たりにしているではないか。たとえば、裁判官の代わりに、自分たちが住む山岳地帯にまでやってきた最初の旅人に、もめごとを裁いてもらう人々がいる。また別の人々は、市の立つ日に、自分たちのなかからだれかひとりを選び、その人間が、その場であらゆる係争を裁くという。

このようにして、もっとも賢明なる人間が、先例とか、結果とかに制約されることなく、それぞれの事情に応じて、自分の目で確かめた上で、われわれの訴訟を処理していくとして、どんなことが危惧されるというのか。それぞれの足には、それにふさわしい靴がある。国王フェルナンドは、インド方面に植民団を送るときに、賢明なことに、法律を学ぶ学生はひとりも派遣しないことを決めた――この新世界に、訴訟がやたらにふえることを危惧したからだ[6]。そもそも法律という学問が、争いや分裂を生むものだからであって、王は、プラトンにならって、法律家と医者は、国家にとっての悪しきたくわえだと考えていたのだ[7]。

それにしても、われわれのふだんの言語は、いかなることに用いても、あれほど平易なものであるのに、ひとたび契約とか遺言になると、どうして難解で、わかりにくいものになってしまうのか。なにをいっても書いても、あれほど明快な人間が、こと契約書や遺言になると、どうしてまた、曖昧さや矛盾のない表現の仕方を見つけることができないのだろうか。その理由は、こうした技術の達人たちが、威厳のあることばを選んだり、凝った文章を作ったりすることに、ことのほか熱意を注いだあげく、各単語を吟味しすぎたり、ことばの結びつきを入念に詮索しすぎたせいで、果てしない文彩と細かな区分のなかで、その文章が身動きもできずに、からまりあってしまって、いかなる規定や規則も、またいかなる確実な理解も受け入れないものになってしまったからにちがいない。《細かな粒にまで細分されたものは、すべて混じり合ってしまう》（セネカ『書簡集』）のである。

子供たちが、水銀のかたまりをいくつかに分けようとしている姿を見たことがあるだろうか。水銀を押さえたり、こねたりして、自分たちのやり方をおしつけようとすればするほど、この高貴な金属の自由意志を刺激することになってしまう。水銀は、子供たちの作戦をかいくぐって、だんだん細かくなり、ばらばらの粒になってしまう。さきほどの話も、これと同じことなのだ。そうした煩瑣な項目をさらに細かく分割してしても、人々の疑問が増すだけにすぎない。そのあげくに、われわれは、困難を大きくし、増加させる事態に引きずりこまれる。むしろ、問題が引きのばされ、分散してしまうのである。

さまざまの疑問の種をまいて、切りきざむことで、世の中には、不確実性という実がなり、紛争という茂みができてしまう。細かく耕され、深く掘り起こされるほど、その土地が肥沃になるのとも似ている。《学識が困難を生む》（クインティリアヌス『弁論術教程』）のである。

われわれは、ウルピアヌスにしたがって疑い、バルトルスやバルドゥスにしたがって、さらに新たな疑いをいだく。こうした数えきれないほどの意見の相違の痕跡などは、消してしまうべきであった。そんなものでわが身を飾ったり、後世の人々の頭をのぼせさせてはいけない。

なんといえばいいのか、どうやら経験からすると、多くの解釈が真実を散らし、こわしてしまう気がする。アリストテレスは人に理解してもらおうと思ってものを書いた。でも、自分の考えを論じた本人が、そうできなかったとすれば、彼ほど能力のない第三者には、なおさらできるはずがない。われわれは材料を加工して、それを薄くのばす。ひとつの主題から、千もの主題をつくりだす。そしてこれをふやし、分割することによって、エピクロスのいう無数の原子状態に立ち戻ってしまう。同一のことがらを、二人の人間が同じように判断したことなど決してない。別の人間だけではなく、同じ人間でも時期がちがえば、二つの意見が完全に同じだということなどありえないのだ。そういえば、わたしはたいてい、注釈で触れてはいない個所に疑問を見いだす。むしろ平らな土地で、ひっかかってしまうのだ。わたしの知っている馬が、しばしば平坦な道でつまずくのとそっくりである。

注釈というものが疑問や無知をふやすということがよくいわれる。というのも、人間に関する書物であれ、神にかかわる書物であれ、多くの人々が熱心に取り組んだからといって、その解釈によって難解さが解消されたようなものはないのだ。百人目の注釈者は、次の者に、最初の注釈者が思ってもみなかったほど、やっかいで、こみいったものとして、その書物を手渡す。「この書物の注釈は、もう十分だ。今後、いうべきことはないのだから」と、意見が一致したことなどあっただろうか。訴訟のことを考えてみれば、このことがもっとよくわかる。法学博士がたくさんいて、数えきれない判決が出され、法解釈がかぎりなくあるからこそ、逆に、法律に権威が付与されるのである。

しかし、だからといって、それで解釈の必要性にひと段落ついたといえるのだろうか。それが落ち着く方向に、いくらか進展が見られたというのか。法律という大きなかたまりが、まだ生まれて間もない頃よりも、少数の弁護士や裁判官で平気だとでもいうのか。そんなのはとんでもない話で、むしろ反対に、われわれは意味を不明瞭にして、埋もれさせてしまっているではないか。たくさんの垣根や柵があって、ようやく意味を見つけるといったありさまではないか。人間は、自分の精神が生まれつき病んでいることがわからずに、やたらと詮索し、探し求める。たえず動きまわっては、なにかを作り上げ、まるでカイコみたいに、自分の仕事のせいで身動きできなくなり、窒息してしまう。まったくもって、《松ヤニのなかのハツカネズミ》[9]である。

精神は、ずっと遠くに、なにやらおぼろげな光や、真実とおぼしきものを認めたかに思うのだけれど、そこまで走っていくあいだに、数多くの困難や、障害や、新たな探しものが立ちふさがり、頭がくらくらして、迷ってしまう。海上に、なにやら死体らしきものを発見した犬たちが、そこに近づけないものだから、水を飲み干して道をつくろうとして、おぼれてしまったという寓話がアイソポス〔イソップ〕に出てくるが、これと大差ないのである。[10] クラテスなる者がヘラクレイトスの著作に関して、「彼の学識の深さや重さにのみこまれたり、息がつまったりしないためには、泳ぎの達者な読者でなくてはいけない」[11] といっているのは、まさにこうしたことにほかならない。

他人が、あるいは自分自身が、このようにして知識を追い求めた結果に満足してしまうのが、まさにわれわれ人間の弱さなのであり、もっと能力のある人間ならば、そんなことに安住してはいない。後続の者にはいつも、なんらかの余地が残されているのであって、われわれもその例外ではない。おまけに、別の道筋だって考えられる。われわれの探索に、終わりはない。終わりというのは、あの世にしかない。精神が満ちたりてしまうのは、それが縮んだり、弛緩した証拠である。高邁な精神ならば、自足することなどなく、常に望みを高く抱いて、自分の力を越えたところを進んでいく。そして、自分の法《のり》を越えて、飛躍するのだ。前進もせず、急ぎもせず、窮地にもおちいらず、また、ぶつかることもなければ、くるくる変わることもないならば、それは半分しか生きていない証拠だ。精神がおこなう探求には終わりもなければ、きまった形もない。驚嘆し、追い求め、それでもあやふやであることが、精神の糧となるのだ。アポロンの言い方が、これをはっきり示している。[12] この神は、いつでも二重の意味をもった、曖昧で、遠まわしな表現をおこない、われわれを満足させることなく、引き止めては、気をもたせる。精神の動きは、不規則かつ永続的であり、規範とすべき型もなければ、目的もない。心に思い描いたものが、たがいに白熱しあって、次々とイメージを生み出していく。

このようにして、小川では、水が次々と、絶えず流れ、走っていくのが見える。それは列をなして、永遠の流れにより、追いつ追われつしていく。この水により、あの水が押されても、この水だって、別の水に先を越される。水はつねに水の中を流れていく。絶えず水が変わっていても、それはつねに同じ小川なのである。（ラ・ボエシー『フランス語詩集』）

ものごとを解釈するよりも、解釈を解釈するほうが大変だし、他の主題にもまして、書物に関する書物の数は多い。われわれは、おたがいに注釈ばかりしている。なにごとも注釈であふれているくせに、作者は払底している。

われわれの時代の、最重要にして、もっとも名高い学識は、碩学たちを理解できることではないのか。これが、あらゆる研究に共通した、最終の目的ではないのか。

われわれの思考は、次々と接ぎ木されていく。最初の思考は、第二の思考の苗木の役をはたし、それがまた第三の思考の苗木となる。このようにして、われわれは、一段また一段とのぼっていく。したがって、もっとも高い場所にのぼった者が、しばしば、その価値以上の名誉を手にすることとなる。なぜなら彼は、その前の者の肩の上に、ほんの少しばかり乗っているだけなのだから(13)。わたしにしても、おろかなことに、どれほどしきりに、自著に関していつまでも長々と語ったことか。他人が同じことをしたら、自分でなんといったのかぐらい覚えておくべきなのだから、これはやはりおろかなふるまいというしかない。なぜならば、「自分の作品に、あれほどたびたび目配せするのは、彼らの心が自作への愛で打ちふるえている証拠だ。また彼らが自作を責めるときの、あの軽蔑したような、手荒さかげんにしても、しょせんは母性愛による甘い言葉やきざな態度にすぎない」などと、難癖《なんくせ》をつけているのだから。アリストテレス流にいえば、「自分を高く評価することも、低く見ることも、たいていは、同じ傲慢さに由来する」(『ニコマコス倫理学』)ということになる。ただし、「わたしは、自分と自分の著作についても、自分のほかの行為と同じように書いているのだし、わが主題が、勝手にみずからを振り返るのだから、わたしの場合は、他人よりもそういうふうにする自由がある」と弁解させていただく。もっとも、他人がこの弁解を認めてくれるかどうかはわからないが。

わたしはドイツでは、ルター説の疑わしい点に関して、かつて彼が聖書に関して引き起こしたのと同じ、いやそれ以上の、対立や論争の火種が残っているのを、この目で見た[14]。われわれの争いとは、ことばの上の争いなのである。たとえばわたしは、「自然とはなにか、快楽とはなにか、円とはなにか、相続人の代襲とはなにか」とたずねる。質問はことばでおこなわれ、同じくことばで返ってくる――「石とは物体である」などと。ところが「物体とはなにか――実体だ」、「では実体とはなにか」と、問いつめていくと、答える側の辞書も終わってしまうのではないのか。人は、あることばに、他のことばを、それも大抵はよく知らないことばを置き換えてすませる。でもわたしなどは、死を免れない動物だとか、理性のある動物だとかいわれるよりも、それは人間だといわれるほうがよくわかる。

ひとつの疑問に答えるために、三つの疑問が出てくるのだから、さしずめ怪物ヒュドラの頭なのだ。ソクラテスがメノン[15]に向かって、徳とはなにかとたずねた。するとメノンは、「徳といっても、男の徳と女の徳もあれば、役人の徳と私人の徳もありますし、子供の徳や老人の徳もありますよ」と答えたという。そこでソクラテスは、「いやはやけっこうなことだ。われわれはひとつの徳を探していたのに、きみは大群をよこすのだからね[16]」と叫んだという。われわれがひとつの質問を出すと、巣箱いっぱいのミツバチが返ってくる。

どんなできごとも、どんなかたちも、どれひとつとして完全に似たものがないように、完全に異なるものだってひとつもない。自然による混合のわざとは、なんと巧妙なものであろう。われわれのおたがいの顔が似ていなければ、人間と動物を区別できはしない(17)。でも、それが異なっていなかったら、今度は、人間どうしが区別できなくなる。あらゆるものは、なんらかの類似によりつながっているが、どの例をとっても、どこか不完全であって、経験から引き出される関連づけとは、いつでもどこか欠けた不完全なものにすぎない。それでもわれわれは、どこかの部分をとらえて比較する。さまざまな法則は、このようにして役立つのであり、少しばかりねじ曲げた、窮屈な、斜にかまえた解釈をすれば、それぞれのことがらにあてはまる。

各人の内心の義務にかかわる倫理の法則でさえ、これを確立するのは、ごらんのとおりにむずかしいのであるから、これほど多くの個人を支配する法則を確立するのがもっと困難であるのは、少しも驚くにはあたらない。われわれを支配している裁判という形式のことを考えるがいい。それこそまさに、人間の無力さの証明であって、そこには矛盾やあやまりがたくさんある。裁判においては、手ごころや厳しさが、そこかしこに見受けられるため、その中間が、はたして同じだけ見いだされるのかも不明である。これは、司法に内在して、本質をなしている、病気で不正な部位といえる。

ついさっきも、何人かの農民が駆けこんできた。わたしの領地である森のなかに、今しがた、傷だらけの男を置き去りにしてきた、まだ息をしていて、「お願いだから水をくれ、起こして助けてくれ」と頼まれたという。彼らの言い分によると、裁判所の役人たちに捕まるのがこわいから、近づくようなことはせずに、逃げてきたというのだ。殺された人間のそばで見つかると、その事件について申し開きをしなくてはならず、完全に身の破滅となりかねない、自分たちには、無実を弁護する能力も、財力もないから仕方ないという。わたしは農民たちに、なんといってやればよかったのだろうか。人間らしいふるまいをしていたら、彼らはたしかに、窮地におちいったかもしれないのである。

それにしても、無実の人間が有罪となってしまった事例が、どれほどたくさん判明したことか——それも裁判官の落ち度なくして。また無実がわからずしまいの例が、どれほどあったことか。わが時代に起きた事例を挙げておこう。殺人罪で、何人かが死刑の判決を受けた。判決の宣告はまだであったが、その法廷における決定は済んでしまった。ところが、そのとき、近くの下級裁判所の役人から連絡があって、牢屋にいる何人かの者が、この殺人についてすらすらと自白をおこない、事件の真相は疑う余地のないまで解明されたというのだ。そこで、最初につかまった者たちに出された判決の執行を中止すべきか、延期すべきかの審議がおこなわれた。判決を保留するといっても、そうした前例はないし、思わぬ影響がおよびかねないと考えられた。法律にのっとって有罪判決がくだされたからには、自分たちには、意見を変える権利はないともいうのだ。こうして結局、あわれな連中は、司法手続きなるものの犠牲者となってしまったのである。

たしかフィリッポスであったか、こうした不都合を、次のようにしてうまく解決した。彼は、被告に対し、多額の賠償金の支払いを命じていた。ところがしばらくして、真実が明らかとなり、誤審であることが判明した。一方には、事実認定のあやまりという、当然の事由があり、他方には、司法手続きという大義が控えていた。そこで彼がどうしたかというと、判決はそのままに残して、被告に賠償をおこなわせ、その金額を自分のふところから弁済して、なんとか、ふたつの大義名分を生かしたのである。(18)でもフィリッポスの場合は、修復可能な事件であったからいいが、わたしが述べた連中は絞首刑となってしまったわけで、あやまちの正しようがない。それにしても、このわたしは、犯罪よりもはるかに罪深い刑罰を、どれほどたくさん見てきたことか。

こうしたことを書いていると、昔の人々の次のような考え方を思い出す。それは、「大事において公正をなすつもりならば、細部で不正をしなくてはいけない」とか、「大事において正義をなすつもりならば、小事で不正を犯してしまう(19)」とか、あるいは「人間の正義は、医学というモデルにならって作られていて、それによれば、有効なものは、すべて正しいとされる」といった教訓である。またストア派が、「大部分の仕事において、自然そのものが正義にさからってことを進める(20)」と主張していることもあたまに浮かぶ。あるいは、キュレネ派が、「それ自体で正しいものなどない。正義は、習慣や法により作られる(21)」といってたことも思い浮かぶし、そういえば、テオドロス流(22)の賢者からすると、泥棒でも、神への冒瀆でも、あらゆるたぐいの放蕩でも、それが自分に有益だとわかれば、正しいことだったのだ、といったことまで思い出してしまう。

これでは、どうにも手のほどこしようがない。こうなれば、あのアルキビアデスと同じで、自分の運命を握っているような人間の前になど、できるならば絶対に出たくはない[23]。なぜならそこでは、わが名誉と生死は、潔白さなどよりも、代訴人の巧みさや配慮で決まってしまうからだ。でも、わが悪事だけではなくて、わが善行も認めてくれるような裁判があるというのならば、思いきって出頭してもいい――そこでなら、恐怖もあるけれど、希望だってあるのだから。罪を犯さないだけではなく、それ以上のことをしてのける人間からすると、無事でいられることだけでは、十分な報酬とはいえない。われわれの裁判ときたら、片手しか、それも左の手しか出してくれない。だから、だれだってそこから出てくるときには、損をしている計算になる。

ところで中国の政治や学芸は、こちらの政治や学芸とは交流もないし、こちらには知識もないが、さまざまな点で、われわれの実例を凌駕したすぐれたものといえる。この国の歴史は、世界というものが、古代や現代の人々が考えているよりも、はるかに広大かつ多様なものであることを、わたしに教えてくれる。そこでは、君主から派遣されて、各地方の政情を視察する役人たちは、責任ある地位にありながら汚職をおこなう連中を処罰すると同時に、ふつう以上に、また職務としての必要以上に、りっぱな行動を示した人間については、その純粋な気前のよさに対してほうびをとらせていた。そこでみんな、自分の地位を確保するためだけではなく、なにかを手に入れようとして、つまりただ報いてもらうのではなく、祝儀にあずかろうとして出頭したという[24]。

わたしの手がけた訴訟でも、第三者のでも、あるいは刑事でも民事でも、ありがたいことに、わたしの場合、今までいかなる訴訟についても、どの裁判官からも、裁判官として話しかけられたことはない。いかなる牢獄に入れられたこともないし[25]、そこを見てまわるために入ったためしもない。牢獄なんぞ、外から見ているのを想像するだけで気分が悪くなる。わたしは自由なるものを強く欲している人間だから、インド諸国のどこかの片隅に近づくことを禁じられただけでも、なんだか窮屈な気分で生活することになりそうだ。だから、大地と広い空が見つかるかぎり、わたしは、身を隠さなくてはいけない場所に、いつまでもうじうじしてなどいないだろう。わが国の法律にさからったおかげで、王国の一地方に釘づけにされて、主な都市や宮廷への出入りを禁じられ、公道の使用もままならぬといった人々を数多く見受けるが、ああ神様、わたしは、このような境遇には、たえられそうにない。わたしが仕えている法律が、わたしの指先ほどでも脅かすようなことがあれば、どこであろうと、ただちに別の法律を探しにいくにちがいない。われわれは現在、内乱のさなかにあるけれど、そのことによって行ったり来たりする自由が妨げられないように、わたしはささやかな知恵を用いている。

ところで法律が信用を維持しているのは、それが正しいからではなく、ひたすら法律であることによる。それこそ法律という権威の不思議な根拠なのであって、ほかにはなんの根拠もない。そのことが法律にも有利に働く。法律というものは、しばしば愚者の手で作られる。たいていは、平等を憎み、公正を欠くような人々によって作られる。とにかく、からっぽで、無節操な人間によって作られるのだ。

法律ほど、重大にして、広くまちがいをおかすものはない。また、これほど一般的にまちがえるものもない。正しいからといって法律に従っている者も、当然の理由によって、正しく従っているわけではない。わがフランスの法律は、その不規則さと、できの悪さによって、その適用や実施に見られる混乱や腐敗に、いくぶんか手を貸している。法の支配が非常に不透明で、無定見であるために、法への不服従とか、法律の解釈や、運用や、遵守といったことがらで生じる弊害が許されてしまうきらいがあるのだ。

経験から引き出せる成果が、いかなるものであれ、現にわれわれ自身の経験を、ほとんど活用できていないからには、よその実例から経験を引き出しても、われわれを教えるのにあまり役立ちそうにない。本来、われわれ自身の経験は、より身近なものであって、必要なことを教えるのに十分であるはずなのに。

わたしは他の主題にもまして、自分自身を研究する。これがわたしの形而上学《メタフイジツク》であり、自然学《フイジツク》なのだ。

神はいかなる技により、世界という家を統治するのか。月はどこから出て、どこに沈み、毎月、いかに三日月を集めて、満月にもどるのか。塩の水の上を吹く風はどこからきて、エウルス〔南の風の精〕はその風でなにをつかまえ、たえず雲となる水はどこからくるのか。（プロペルティウス『哀歌』）

いつか世界の城塞が崩れる日がくるかもしれぬ。世界の作用にもてあそばれるおまえが、それを探すのだ。（ルカヌス『ファルサリア』）

この世界のなかにあって、わたしは、なにも知らず、無頓着なままに、その一般法則のままに操られているが、やがてその法則を感じたときに、そのことがよくわかるだろう。わたしの知識も、その進路を変えることはできそうにない。わたしのために道筋を変えてくれるわけもなく、そんなことを期待するのはおかしいし、どうにかして、そうしようと心を砕くのは、まったくまちがっている。というのも、そうした法則とは、かならずだれにとっても同じような、共通のものなのだ。舵取りに資質と能力があれば、われわれは、操縦についての不安から完全に解放されることになる。

哲学的な探求や思索は、われわれの知的な情熱のたしになるだけだ。哲学者たちも、われわれを自然の規則に送り返すけれど、これは当然の話だ。だが、そうした規則は、哲学のような崇高な認識など必要としない。ところが哲学者たちは、その規則を変造して、その顔を、実に色鮮やかな、ゆがんだものに描いてみせる。あれほど一律な主題から、さまざまな肖像が生まれるゆえんである。自然はわれわれに歩くための足を与えてくれただけではなく、人生行路を進んでいく知恵も授けた。いや知恵といったって、哲学者が考えだした、巧妙で、力強く、華麗なものではなくて、自然ならではの、やさしく、静かで、心身のためになる知恵なのである。そして幸いにも、その知恵をきちんと、秩序だてて、つまりは自然に用いることができる人は、哲学者がいったことを、りっぱに実行していることになる。もっともシンプルに自然に身をゆだねることこそ、もっとも賢明な身の任せかたにほかならない。ああ、無知とこだわりのなさは、よくできた頭を休ませるには、なんと柔らかくて、気持ちがよく、健康な枕《まくら》であることか。

わたしとしては、キケロのなかよりも、(26)自分のなかで、しっかりと自分を理解したい。わたしがよい生徒ならば、自分の経験そのものから、自分を賢くしてくれるものをたくさん見つけられるはずだ。過去において、あまりに怒りすぎたことを、どれほど逆上してしまったのかを、きちんと記憶にとどめている人間ならば、この情念のみにくさを、アリストテレスを読むよりも、しっかり納得できるし、この情念に対して、より正しい嫌悪感をいだくことができる。自分が立ち向かった不幸や、自分をおびやかした不幸を、そして自分の状況を一変させてしまった些細なできごとを覚えている人は、そのおかげで、将来の有為転変に備えることができるのだし、自分という存在をまともに認識することにもなるのだ。

われわれにとっては、カエサルの生涯も、われわれの生涯にまさる手本にはならない。皇帝の人生であれ、庶民の人生であれ、それはいつでもひとつの人生なのであって、人間の身に起こるすべてのできごとがかかわっているのだ。自分の人生にだけ耳を傾けようではないか——人間は、自分にとりわけ必要なことは、すべて、自分に向かって話すものなのだから。自分自身の判断が何度となくまちがったことを覚えている人間が、それでもけっして自分の判断に不信をいだかないというならば、その人はばかにきまっている。わたしは、他人の理屈で、自分の考えがまちがっていることを納得したような場合、学ぶことはそれほどない。その他人は、新しいことをいってくれたのだし、わたしはそのことに無知であったとはいっても、それはどうやら大した得ではない。それよりもむしろ、わたしは全体として、自分の力が及ばず、自分の理解も少しも当てにならないことを学ぶ。そこから、全体を改造するという結論を導きだすのだ。そのほかのすべてのまちがいに関しても、わたしは同じようにしている。そして、この方針が人生に大いに役立つものだと感じている。わたしはあやまちの種類とか個々の実例を、あたかも自分がつまずいた石のように見ることはしない。むしろ、どこでも歩き方に気をつけなくてはいけないことを悟って、きちんとした歩き方をしようと努力する。ばかなことをいったとか、したとかわかっても、それだけでは仕方ない。自分がおろかな存在にすぎないことを悟る必要がある。このほうが、よほど豊かで、たいせつな教えだと思う。

記憶力にもっとも自信があるときでも、わが記憶力は、しばしばわたしをつまずかせたのだけれど、そのことが無駄足に終わったわけではない。今では、わが記憶力が、だいじょうぶですよと、いくら誓ってくれても、わたしは首をかしげることにしている。わが記憶力が証言しても、それに反対の声があがれば、ただちに判断を停止する。重要なことについては、記憶を信じる気などにはなれないし、自分の記憶をもとに、他人のことを請け合うつもりもない。わたしが物覚えの悪さでしでかすことを、他の人々は、よく不誠実さゆえにしでかすけれど、そうしたことがなければ、わたしは、自分の口から出たものよりも、他人の口から出たものを真実と思うにちがいない。わたしは、天分として与えられた情念をまじかで見張っているが、もしも各人が、自分を支配する情念の動きや状況に対して、同じようにしてみるならば、それが近づいてくるのがわかり、その激烈さや進みぐあいを少しは弱めることができよう。情念なるものは、いつも突然に、われわれの首ねっこに飛びかかってくるわけではない。前触れもあれば、段階もあるのだ。

あたかも海が最初のうねりで白く泡立ち、少しずつ波が大きくなって、高波が立ち上がり、
水底から天にまで逆巻くように。(ウェルギリウス『アエネイス』)

わたしのなかでは、判断力が主人の座を占めているし、少なくとも、判断力のほうでは、そう

するように気をつけている。でも判断力は、わたしの気持ちのままに進ませてくれる。憎しみや、エゴイズムも含む愛情などに、好きなようにさせてくれるのであって、判断力が、そのことで変質したり、堕落したりすることはない。他の部分を、自分の思いどおりに改めることはできなくても、少なくとも、判断力自体が変形してしまうようなことはない。要するに、それが個別に機能しているのだ。

それにしても、「自分自身を知れ」と各人に忠告することは、大きな影響をもたらすものであるにちがいない。その証拠に、知識と光の神アポロンは、デルフォイ神殿の正面にこのことばを掲げ、そこに忠告のすべてが含まれているとしていたではないか。プラトンもまた、知恵とはこの命令の実行にほかならないと述べているし、クセノフォンによれば、ソクラテスも、これをこと細かに実証している(27)。

それぞれの学問のむずかしさや不明瞭さは、そこに入りこんだ人間にしかわからない。自分が無知だと気づくためには、一定の知識を必要とするし、扉が閉じていることを知るには、まず押してみなければいけない。このことから生まれたのが、「知っている者も、知らない者も、探求する必要がない。前者は、すでに知っているのだし、後者は、探求すべきことを知らないからだ」という、プラトンの巧妙な逆説にほかならない(28)。したがって、自分自身を知るという知識についても、だれもが、自信ありげで、満足していて、自分のことは十分に理解しているかに見えるのは、実際はなにもわかってないことを意味している――ソクラテスが、エウテュデモスに教え諭したとおりなのだ[29]。わたしの信条とは、自分が学んだ成果は、学ぶべきことがいくらでも残っていると実感したことというものであって、このことに無限の奥深さと、かぎりない変化を見ている。

しばしば自分の無力さを思い知らされたおかげで、わたしは謙虚さを身につけたし、自分に定められた信仰には、すなおにしたがうことを学んだ。そして、常に冷静で、節度ある意見を述べることも学んだし、なにごとにつけても自信過剰で、思いあがった、あのやかましく、けんか腰の傲慢な人々――これは知識や真理にとって大敵だ――に対する憎しみも教わることができた。そうした連中が、教えているところを聞いてみるがいい。ばかみたいなことばが、すぐ口をついて出るけれど、その調子ときたら、まるで宗教とか法律でもこしらえているみたいではないか。《知りもせず、わかりもしないうちから、決めつけたり、同意することほど、恥ずべきことはない》（キケロ『アカデミカ』）のである。

アリスタルコスは、「昔は、世の中に、かろうじて七人の賢者がいたのに、今は、無知な者が七人いるかいないかだ[30]」と述べたが、われわれの時代についても、このように述べていい理由が、もっとあるのではないのか。断言と頑固さは、おろかさの明らかなしるしである。この男など、一日に百回もころんで、鼻をぶつけたくせに[31]、ほらごらんなさい、相変わらず、自信満々で、傷ひとつなく、ふんぞり返っているではないか。まるであとから、新しい魂や、強力な知性でも吹きこまれたみたいだし、あの昔の大地の息子〔ギリシア神話のアンタイオスのこと〕のように、転ぶたびに頑丈になって、さらに強くなったみたいである。

弱った手足は、母なる大地にふれるたびに、新たな力強さをとりもどす。（ルカヌス『ファルサリア』）

このどうしようもない頑固者は、新たな論争を始めれば、また精神力も回復するとでも思っているのだろうか。わたしが、人間の無知について強調するのは、自分の経験ゆえであって、無知こそは、世間という学校でもっとも確実な指針にほかならない。自分や、このわたしのような無意味な実例に基づいて、自分が無知だと決めつけたくないというのならば、師のなかの師であるソクラテスにならって、それを認めるがいい。哲学者のアンティステネスは弟子に向かって、「さあ、わたしといっしょにソクラテスの教えを聞きにいこう。きみたちとともに、わたしも弟子になるから」といった。それから、「人生を完全に幸福にするには、徳さえあれば十分で、あとはなにも必要ない」という、ストア派の説を引き合いにだすと、「ソクラテスの力だけは別だがね」と付け加えたというではないか(32)。

わたしはこのようにして、長いこと、自分のことを考察するのに注意を払ってきたから、他人のことも、かなりまともに判断できるように鍛えられた。それに、これ以上じょうずに、申し開きができるように話せることは、ほとんどないのだ。友人の気質を、本人よりも正確に見わけるようなことも、しばしばある。そして、友人の描写を的確にして、当人をびっくりさせ、自分自身について教えてあげたこともある。子供のころから、自分の生活を、他人の生活という鏡に映してみるように訓練してきたため、わたしには、そうしたことを熱心にする癖がついているのだ。そうしたことを考えるときには、表情や外見、気質、話題など、役立ちそうなものを、わたしの周りからほとんど取り逃がすことがない。避けるべきことも、追求すべきものも、すべて検討してみるのだ。そして外面にあらわれたことがらから、彼らの内面の傾向を見つけだす。でも、これは、多様で、とりとめのない行為を、一定の分野や主題別に整理するためでもないし、わたしが分割したり、区別したものを、既知の部門や領域にはっきりと配分するためでもない。

そうしたとて、どれほどの種類があり、どれほどの名前があるのかを、数え上げることはできない。（ウェルギリウス『農耕詩』）

学者たちは、自分の考えを、もっと種類別に分けて、細《こま》ぎれにして示す。だが、わたしは、経験に教えられただけのものを、なんの規則もなしに観察するだけなので、自分の考えをおおざっぱに、手探りで示すのだ——いま、わたしがしているように。わたしは自分の意見を、ぷつんぷつんと分けて表現する——まとめて、いっぺんに言い表せるようなことではないからだ。われわれみたいな、低俗で、ありふれた魂には、調和や首尾一貫したところは見いだせない。知恵というものは、堅牢にして、完全な建築物であって、その各部位が、しかるべき場所を占め、その特徴をもっている。《英知だけが、すべて自己充足している》（キケロ『善と悪の究極について』）のである。

はたして、こんなに雑多で、細かくて、偶発的なものごとに関して、やりおおせるかどうかはしらないが、とにかく、このはてしなく多様な形相を、グループに分けることは学者におまかせするから、定めなき人間存在を、なんとか固定して、きちんと整理してほしい。もっとも、わたしは、われわれの各行為を結びつけるのはむずかしいと思っているばかりか、個々の行為の主たる性質をきちんと明示するのもむずかしいと考える。それらは、とても曖昧で、光によって、さまざまな色を見せるものなのだから(33)。

マケドニア王ペルセウスという御仁《ごじん》は、どんな状態にも執着せず、たえず、あらゆる人生遍歴をおこない、極端にして、気まぐれなふるまいを示したために、自分にも、ほかのだれにも、どんな人間かは雲のようにつかみようがなく、これは、とても珍しいことだとされるけれども、わたしからすれば、ほとんどだれにでも当てはまりそうに思われる。なんといっても、わたしは、ペルセウスと同じ地位にあって、この結論にぴったりと合致するような人間に出会ったことがあるのだ。(34) この人は、中間の立場などとらず、予測もつかないような理由で、極端から極端へと走り、それも必ず、急に横切ったり、引き返したりして、こちらを驚かせた。要するに、素直にまっすぐ進むといった資質がないわけで、いつの日にか、この人のことを描くとしたら、「得体が知れないということによって、自分の存在を知らしめるように工夫を凝らした人」というのが、実相を言い当てていることになりそうだ。

自分に対する率直な判断に耳を傾けるには、強力な耳が必要だ。それを聞いて、傷つかないような人間は少ないのだから、相手に対して、わざわざこんなことまでするのは、それこそ、よほどの友情のあかしであるにちがいない。なぜならば、相手のためを思って、傷つけ攻撃するのは、健全な愛情の発露なのである。それにしても、よい性質よりも、悪い性質のほうが上まわっている人を批判するのはつらい。それでプラトンは、「他人の魂を吟味しようとするならば、知識、好意、率直さという三つの条件が必要だ」と述べている。(35)

「だれかが、あなたを使ってみたいと思いついたとしますよね。あなたは、どんな仕事なら向いていると思いますか」と、ある日、聞かれたことがある――それはまだ、元気な年頃のこと。

よりよい血がわたしに活力を与え、やきもち焼きの老いが、鬢《びん》に白いものを散らしてなかった頃のこと。(ウェルギリウス『アエネイス』)

「何にも向いてませんよ」と、わたしは答えた。こんなとき、わたしはふつう、自分を他人の奴隷にするようなことなどできるわけがないといって、弁解する。でも、それが自分の主人ならば、本当のことをいってあげて、その品行を監視してあげたであろう。とはいえ、学校の授業みたいに、大枠から攻める方法はとらない。そもそも、そんなことはできないし、そういう心得のある人たちが、本当の改善をはたした例を見たことがない。そうではなくて、あらゆる機会に、その品行を逐一観察して、この目でひとつひとつ、素直に、自然に判断してあげるのだ。そして、世間からどう思われているのかを教えてあげて、へつらうような連中を相手にするなといってあげたいのだ。

国王みたいに、あの手のくだらない連中に、年がら年中、巧言令色を弄されていたならば、われわれにしても、だれだって国王より悪くならない者などいない。あの偉大な王にして、哲学者でもあったアレクサンドロスにしてからが、そうした阿諛《あゆ》追従《ついしょう》のやからから身を守れなかったというのだから、そんなことが可能なはずもないのだ。でもわたしならば、十分な忠実さと、判断と、自由率直さを発揮して、役に立てたとも思う。それには、無名の職掌でなければいけない。さもないと、効果も、ありがたさもうすれてしまう。それに、だれにでも一様に任せられる役目でもない。というのも、真実だからといって、特別扱いして、時や方法を選ばずに用いてかまわないというわけではないのだ。真実の使用は、たしかに高貴なものとはいいながら、限度もある。とかくよくあることだけれど、真実を国王の耳に入れて、無益なばかりか、逆に害をもたらしたり、不正とまでなることもある。わたしの場合、神聖なる忠告が、不正に用いられることはないとか、そうした実質に関する利害が、形式に関する利害にたびたび座を譲るようなことがあってはならないのだということを、信じろといわれてもむりな話なのだ。そこで、こうした役目は、自分の運命に満足している人間に、《現にあるがままを望んで、それ以上を望まない人に》(マルティアリス『エピグラム』)、しかも、中くらいの身分に生まれた人にやってほしい。そのようにすれば、主人の心の深いところを、ぐさりと突いてしまうと、出世の道が閉ざされるのではなどと、妙におそれる必要がないし、身分が中間ならば、あらゆるたぐいの人々と、よりたやすくつき合えるからだ。しかも、これをひとりの人間にやってほしい。こうした率直さとか、親密さといった特権を何人にも広げると、無礼な態度という弊害を生みかねない。むろん、その人間には、なによりも秘密を守り、けっして口外しないことを求めたい。

国王たる者が、敵との合戦を、毅然とした態度で待ちうけることを、自分の栄誉のために、誇ったとしても、自分の利益のために、自分の向上のために、ひとりの友人の率直な忠告もがまんできないなら、そうした国王は信じるにあたいしない。友人のことばなど、せいぜい耳に痛いだけであって、残りの力は国王の手中にあるではないか。

ところで、人間のあらゆる身分のなかでも、国王ほど、真実の、遠慮会釈のない忠告を必要とする身分もない。国王は公人としての生活を強いられるし、自分を見ている多くの人々の意に添うようにする必要があるけれど、まわりの者は、為政者を本道から遠ざけるようなことは、とかく黙っているのが常だから、気づかないうちに、いくつかの原因が働いて、国王もいつのまにか国民の憎しみや嫌悪にまきこまれてしまう。ところが、そうした原因というものは、たいていの場合、早い時期に忠告して、改めておくならば、国王のきげんをそこねることなく、避けられたはずなのだ。

ところが、寵臣たちは、たいてい主君のことよりも自分のことを考えてしまうし、そうしたほうが自分に得策なのだ。というのも、実際の話、君主に真の友人としての義務をはたすと、しばしば、困難で、危険な試練にさらされる。したがって、そのためには、多くの愛情と率直さに加えて、なんといっても勇気が欠かせない。

結局のところ、わたしがこうして、やたらに書き散らした寄せ集めの文は、わが人生経験の記録簿《ルジストル》にすぎない。そして、精神の健康については、ここにある教訓を反面教師とするならば、かなりの手本となってくれよう。でも、肉体の健康に関してというなら、わたしほど役に立つ経験を提供できる者などいない。なにしろ、わたしは、技術や学説によってゆがめたり、変形したりせずに、経験を純粋なままに提示しているのだから。医学に関してならば、「経験は、まさに自分の肥やしの上にいる(36)」のであって、ここでは理性は経験に座を明け渡している。ティベリウス帝は、「だれでも二十歳《はたち》をすぎたならば、健康にいいのか、悪いのかを、自分できちんと確めて、医者なしで身を処していかなければならない(37)」といったが、これはソクラテスから学んだのかもしれない。ソクラテスは弟子たちに、非常に重要な学習として、健康について学ぶことを、熱心に勧め、「知性のある人間ならば、運動のこととか、飲食のことにも注意するから、自分になにがよくて、なにが悪いのかを、どの医者よりもきちんと見わけられるのではないか」と付け加えている(38)。

実際、医学は、つねに経験を、有効性をはかる試金石にしていると公言している。プラトンが、「本物の医者になるには、その志願者は、治療すべき、あらゆる病気にかかり、診断が必要な、あらゆる発作や症状を経験しておかなければいけない(39)」と述べているのも、もっともなことだ。梅毒を治療したいと思うならば、その病気にかかってみるというのは、当然の理屈ではないか。まったく、そういう医者ならば、わたしだって信頼したい。というのも、医者たちときたら、自分は机の前にどかんと座っているくせに、まるで海や、暗礁や、港の絵を描いて、船の模型を安全確実に動かしている人間みたいに、こちらに指図するのだから。こんな医者を実際の現場に投げこんでみるがいい。どうしたらいいのかわからないにきまっている。町の触れ役が、行方しれずの馬や犬について、これこれの毛色で、背丈で、こんな耳ですなどと叫んで歩くみたいに、医者たちは、われわれの病気について描いてみせる。でも、その病気を実際に見せたからといって、わかりはしないのである。

いつの日か、医学が目に見えて有効な治療法を見せてほしい。そうすればわたしは、《有効な学問にとうとう降参した》（ホラティウス『エポデス』）と心から叫ぶことを、神に誓う。われわれの肉体を健康に保ち、精神を健康に保つとは、この学問も、ずいぶん大した約束をするものだ。だが、約束をこれほど守らない学問もない。今の時代、この医学という技を仕事にしている人間は、他のいかなる人間ほども、実際の威力を示してくれない。せいぜいが、薬の商人といえるだけであって、とても医者とはいえない。

わたしは、かなり長生きしたから、わたしをこれほど遠くまで導いてくれた習慣なるものを、ここで数え上げておきたい。それを味わいたい方々のために、わたしがお酌の係をあいつとめ、試飲しておいたのだ。思い出すがままに、いくつかの項目を挙げておく。ちなみに、わたしの生活様式は、いずれもその都度、事情に応じて変わってきてはいるけれど、ここではしばしば、順調にきていると感じたものを、つまり現在まで、わたしのなかにいちばんしっくりおさまったものを記録しておく。

わたしの生活方法は、病気のときも、健康のときも似たようなものだ。同じベッドだし、同じ時間の使い方だし、食べ物も飲み物も同じものが出てくる。体力や食欲に応じて、その多寡《たか》を加減するだけであって、新たなことは、いっさい付け加えていない。わが健康とは、ふだんの状態を乱すことなく維持していくことにほかならない。わたしには、病気がわたしを反対側に引っ越しさせるのがわかる。でも、医者たちを信じたりすると、今度はまた別の側に引っ越しさせられる。こうして、運命と医術の両方のせいで、道からそれてしまうのだ。そんなわけで、わたしは、これほど長期間なれ親しんできた習慣によって、悪くなるはずがないと確信している。

われわれの生活に、好みのかたちを与えるのは、習慣の力にほかならない。このことに関して、習慣は万能である。いわば、われわれの性質を好きなように変える、あのキルケの飲み薬にも等しい(40)。たとえば、夜露は、これほど目に見えて害があるのに、われわれのすぐ近くに住む、いかに多くの人々が、こんなものをこわがるのはばかばかしいと考えていることか。船頭も、農民も、こんなことは気にもしない。ドイツ人を藁《わら》のベッドに寝かせると、病気になる。イタリア人を羽毛のベッドに、フランス人をカーテンも火の気もないところに寝かせた場合も、同様だ。スペイン人の胃袋は、われわれの食事のしかたにたえられないし、われわれの胃袋は、スイス人の酒の飲み方にたえられない。

アウグスブルクで、ひとりのドイツ人が、フランスの暖炉の不都合さを非難したのが、わたしには痛快だった。その論法は、われわれがふつう、ドイツのストーブをやり玉に挙げるときと同じだったのだ。実際、ドイツのストーブのよどんだような熱さと、素材の陶器が熱せられたときの匂いのせいで、慣れない人はたいてい、頭がずきずきしてくる——もっとも、わたしの場合はなんともないのだが。でも結局のところ、その熱は一様で、一定で、全体にいきわたり、火がちかちかすることもないのだし、煙も出ず、フランスの煙突みたいに、すきまから風が入りこむこともないではないか。つまり、フランスの暖炉にしっかりと肩をならべる存在なのだ。

それにしても、どうしてわれわれは、ローマの建築の方法をまねないのだろうか。その昔、ローマでは、火をたくのは屋外で、それも家の下でと決まっていて、そこから熱が家全体に伝わったという。暖めるべき部屋を囲むようにして、厚い壁のなかに、何本もの管が通してあったのだ。セネカが、どこかで、はっきりと書いているのを読んだことがある。[42]

ところで、そのドイツ人だけれど、アウグスブルクの心地よさや美しさを、わたしが讃えるのを聞いて——たしかに、それだけの価値があるのだ——、それならば、この町を離れるのはつらいでしょうねと、わたしに同情しはじめた。ほかの土地の暖炉だと、さぞかし頭がずきずきするでしょうねというのだ。こうした嘆き声を聞いていたが、自分は慣れっこだし、家ではそんなふうにも感じないけれど、フランス人はそうはいかないのかと思ったわけだ。火から発せられる熱は、どんなものであれ、わたしをぐったりさせるし、頭を重くする。エウエノスは、「人生の最良の薬味とは、火である」(43)といっているが、わたしは、むしろ別の方法で寒さをしのいでいる。

われわれは、樽の底にたまったワインをきらうけれど、ポルトガルでは、その香気は芳醇なるものとされて、王侯の飲み物となっている。要するに、各国にはさまざまの習慣や伝統があって、別の国では、そんなものは知られていないばかりか、逆に、野蛮で、とんでもないものとされているのだ。

それにしても、印刷された証言にしか価値を認めず、書物のなかの人間のいうことしか信用せず、十分に年代を経たものでないと、事実とは認めない人々を、どうすればいいというのか。われわれのばかばかしい言葉だって、印刷すれば箔がつく。そうした人々にとっては、「話に聞いたことがあります」というよりも、「読んだことがあります」というほうが、よほど重みがあるのだ。でもわたしは、人間の手より、口を信じないというわけでもない。人は、話すときも、書くときも分別がないことも知っているのだ。おまけに、現代も、過去と同じように重視しているから、アウルス・ゲリウスやマクロビウスと並べて(44)、わが友人をごくふつうに引き合いに出す。わたしが書いたことだって、彼らが書いたことと同じように、引用させてもらう。

また「長生きしたからといって、その徳が偉大とはかぎらない」といわれるのと同断であって、「真理は、いくら古いからといって、より賢明とはかぎらない」とも思っている。わたしはよくいうけれど、他人の、机上の手本を追いかけるなんて、まったくおろかなふるまいだ。同時代の手本が豊富であることは、ホメロスやプラトンの時代にも匹敵するのだ。なのに、われわれときたら、論述《ディスクール》の真実性より、引用することの名誉を求めているではないか。まるで、ヴァスコザンやプランタン(45)の印刷工房から、証拠を借りてくるほうが、おらが村で見られることを証拠にするより、優れているみたいではないか。あるいは、ひょっとして、われわれには、目の前でおこったことを詳しく検討して、それにしかるべき価値を付与し、鋭い判断をくだして、規範を引き出すだけの知性がないということなのだろうか。

自分の証言に信憑性を与えるだけの権威が、われわれには欠けているなどというのは、見当はずれのものいいにすぎない。というのも、わたしの考えでは、もっともありふれた、ごくふつうの、だれでも知っていることがらであっても、それを見るのにふさわしい光を見つけてやれば、もっとも偉大な自然の奇蹟ともなるし、もっともすばらしい規範ともなりうるのだ。とりわけ、人間の行動については、これがあてはまる。

さて習慣という、わたしの主題だけれど、書物で知ったような実例、たとえばアリストテレスが、アルゴスのアンドロンなる者について、「彼は、リビアの乾ききった砂漠を、水を一滴も飲まずに横断した」などと書いているといったことは、わきに置いておきたい(46)。だが、多くの職務をりっぱにつとめた、ある貴族が、わたしの前で、「夏のさかりに、マドリッドからリスボンまで、水も飲まずに行ったことがありますよ」と語ったことがあるのだ[47]。彼は、年齢のわりにはとても元気だとはいえ、二、三か月間、いや本人の言では一年間も、水を飲まないで平気だということを除くと、その生活習慣に、なにも特別なところはない。彼だってもちろん、のどは渇くものの、それをやりすごすのだ。のどの渇きなど、おのずとおさまるものであって、必要や快楽のためよりも、気まぐれに水を飲むだけだという。

もうひとつの実例を挙げておく。少し前に、フランス有数の知識人で、少なからぬ資産家でもある人に会ったが、彼は、大広間の一角をタピスリーで仕切って勉強していた。そのまわりでは、召使いたちが、勝手気ままに大騒ぎしているのに。セネカが似たようなことをいっていることを思い出すが[48]、その人によれば、こうした喧噪をうまく活用しているのだという。つまり、がんがんうるさくやられることで、むしろ自分に立ち戻り、精神を集中して深く考えることができる気がする、がやがやという声の嵐が、思考を内部にぐいっと押しこんでくれるみたいだという。パドヴァで学生だった時分に、ながいこと、馬車ががたがたと音をたてて通るような、やかましい広場のそばに住んで、勉強していたから、騒音を無視するだけではなくて、それをうまく勉強に生かすこつを身につけたというのだ。そういえば、アルキビアデスが「奥さんに、年中、がみがみと小言をいわれて、どうしてがまんできるのですか?」と、びっくりしてソクラテスに聞いたところ、哲人は「ふだん聞こえる、井戸のつるべの音になれっこになったのと同じことさ」と答えたではないか。(49)もっとも、わたしはこれとは正反対で、いささかデリケートな神経の持ち主だからして、ちょっとしたことですぐ飛び上がってしまう——なにかに没頭しているときなど、ハエの羽音がしただけでも、わが心は死にそうになるのである。

セネカは、若い頃に、殺された動物の肉はいっさい口にしないという、哲学者セクスティウスの前例に、ひどく魅了されて、彼のいうところでは、「喜んで」それを断《た》ったという。その後、この習慣をやめてしまったが、それは、こうした戒律を広めていた、いくつかの新興宗教からの借り物ではないのかと、変に疑われるのがいやだったからにすぎない。彼は同時に、体が沈みこむような、やわらかいベッドには寝るなという、アッタロスの教えを守って、老年まで、かたい寝床を使っていた。(50)ところが、セネカの時代の習慣からすると、ずいぶん禁欲的に思われたことも、われわれの習慣は、それを心地よいと思わせるではないか。

わたしが使っている農夫と、わたしの生活の差を、ごらんになるがいい。スキュタイ人や、インド人だって、わたしの生活力や、暮らしぶりと、これほどかけ離れていることなど少しもない。乞食をしていた子供たちを引き取って、わが家で使ったことがあるけれど、やがて、せっかくの食事も洋服もうち捨てて、飛び出ていってしまった——ひたすら、以前の生活にもどりたいがためにに。その後、そのひとりが道ばたでカタツムリかなんかを拾って、食料にしているのを目撃したが、いくらおどしても、すかしても、貧困のなかで見いだしている美味や喜びから引き離すことはできなかった。いや、乞食たちにだって、それなりの贅沢《ぜいたく》や快楽があるわけで、金持ちと変わらない。それに、聞くところによると、乞食の社会にも、身分とか組織があるというではないか(51)。

こうしたことは、いずれも習慣のなせるわざにほかならない。習慣というものは、われわれが好む生活様式に順応させてくれる。だから賢者も、「われわれは最良の生活様式をきちんと決める必要がある。それならば習慣が、すぐ楽にしてくれる(52)」と述べるわけだ。だが習慣は、それにはとどまらず、さまざまな変化にも順応させてくれるのであり、これこそ、習慣の、もっとも高貴にして、有用なる教えといえる。

わたしの肉体の最高のとりえは、融通がきき、柔軟性に富むことだ。なるほど、他人と比較すると、よりノーマルで、快適な身体という、おあつらえむきの性質を有している。それにしても、ほんのわずかな努力でもって、方向転換して、逆の生活スタイルにもすんなり入っていけるのだ。これが若者ならば、自分の活力を目覚めさせて、それにカビが生えたり、いじけてしまわないように、生活のルールに揺さぶりをかけなくてはいけない。規律だらけの、きちょうめんな暮らしかたほど、ばかげた、脆弱《ぜいじゃく》なものはない。

彼は、すぐそばに行くときも、本を引っぱりだして、いい時間を調べる。目のふちがむずがゆいときも、星占いでたしかめてから、目薬をさす。(ユーウェナリス『風刺詩集』)

わたしのいうことを信じてくださるならば、若い人は、ときには羽目をはずしてみるのがいい。さもないと、ささいな道楽で、身をもちくずしてしまうし、人とのつきあいでも、気むずかしくて、不愉快な人間になってしまう。気むずかしくて、ひとつのライフスタイルで自分を縛りつけることなど、紳士《オネツトム》の生き方の対極というしかない。いろいろと折り合いのつく、しなやかなものでないと、いかにも特殊な生きかたになってしまう。仲間たちが現にやっているのに、力がなくて、あるいは度胸がなくてできないというなら、はずかしい。そうした連中は、自分の台所でも守っていればいいのだ。そのようなざまは、だれにしても、ふさわしからぬこととはいえ、とりわけ軍人にとっては、不徳にして、たえがたいことというしかない。フィロポイメンがいうように、軍人は、人生のあらゆる多様な局面や、有為転変に慣れなければいけないのである。(53)

わたしは、できるだけ自由勝手で、恬淡《てんたん》としているように訓練されてはきたが、それでもやはり、どうにもめんどうくさくなって、年をとるにつれて、いくつかの生活スタイルが決まってきた——もう、教育されてどうのこうのという年齢ではないし、現状を保つのがせいいっぱいで、よそ見している暇もない。いつのまにか、習慣が、ある種のことがらにおいては、わたしのなかに深く刻印をきざんでしまっているから、こうした習慣を捨てることを、やりすぎ《エクセ》と呼んでいるほどである。

そんな次第だから、努力しないかぎり、昼寝も、間食も、朝食もできないし、夕食後、三時間ほどの間をおかないと寝ることもできない。子づくりにはげむといっても、眠るまえでないとむりだし、立ったままではできかねる。汗をかいたままでいたり、水をそのまま飲んだり、生のワインを飲んだりもできなければ、帽子をかぶらず長時間いることや、食後に散髪してもらうこともできないのだ。それに、手袋やシャツなしでいるのも、つらくてしかたがないし、食後とか起床時には、手や顔を洗わずにはいられない。ベッドの天蓋《てんがい》とかカーテンも必需品だ。テーブルクロスなしで食事するのはかまわないけれど、ドイツ式に、白いナプキンなしというのはとてもこまる――ドイツ人やイタリア人にくらべて、ナプキンを汚すし、スプーンやフォークもあまり使わないものだから(54)。わたしも実際に見たことがあるけれど、国王の例にならって、料理を出すたびに、皿だけではなくナプキンも変えるという方式が、受け継がれなかったのが残念だ。

あの骨身を惜しまぬ軍人マリウスは、年とともに、酒の飲み方にうるさくなって、自分の特別な杯でしか飲まなくなったという(55)。このわたしも、決まったかたちのグラスが気に入っている。ふつうのグラスで飲む気になれないし、そこらの人についでもらうのも気が進まない。明るく、透明なグラスにくらべて、金属のグラスはどうもいやだ。わたしの目にだって、それなりの眼福を味わわせてやりたいのである。

習慣のせいで、この種の弱みを身につけたわけだけれど、生まれつきといっていい弱みも、なくはない。たとえば、日に二回もたっぷり食べると、胃にもたれてしかたないとか、逆に、一食を完全に抜いたりすると、今度は腹にガスがたまり、口がかわいて、食欲がおかしくなるというのがそれにあたる。また、夜の冷たい空気にあまりあたっていると、具合が悪くなる。というのも、この数年ほど、軍事的なことでも苦労していて、徹夜でがんばるようなことがなきにしもあらずだが、そんなときには、五、六時間もすると、激しい頭痛とともに、胃がおかしくなる。そして、夜が明けるまでには、きまって吐いてしまう。そして、ほかの連中が朝食にいくときに、寝にいくことになる。でも、こうして仮眠すると、前みたいに気分がよくなる。わたしは、夜の冷たい空気が広がるのは、宵のうちだけだと、ずっと思っていた。ところが、この何年間か、親しく、長時間つきあっている貴族がいて、この男が、そうした冷気は、日暮れどき、つまり日没の二、三時間前がもっとも強くて、体に悪いのだと信じこんで、暮れ方の冷気を注意深くさけて、夜風のほうは問題にしないのを目撃してきた。おかげで、彼の理屈というよりも、その感情によって、あやうく感化されかかった[56]。

いやはや、疑いや問いかけそのものさえ、想像力を刺激して、われわれを変えてしまうということなのか？　こうした性向に、すぐ負けてしまう人は、完全な破滅を招くしかない。かかりつけの医者のばかげた進言によって、まだ若くてぴんぴんしているのに、部屋に閉じこもっている貴族たちにはご愁傷さまといいたい。夜間の外出という、大いなる習慣をやめて、ふつうの人々との交際を永久に断つくらいなら、風邪でもこじらせてうなっているほうが、まだましではないか。一日のうちでもっとも快適な時間に文句をつけるなんて、なんと腹立たしい学問なのだろう。われわれが持っているものを、最後の手段にまで、ぐいぐいと広げていこうではないか。自分を鍛えて、強情を張りとおして、体質を治してしまうというのは、よくあることなのだ——カエサルは、てんかんを軽蔑し、こわしてしまうことで、この病気を治したのだ(57)。最良の規則に身をゆだねる必要はあるけれど、それに隷属してはいけない。ただし、服従し、隷従することが有益な規則でもあれば、話は別であるが。

王様だって、哲学者だって大便をする。ご婦人方にしてもそうだ。公人の生活は、格式にしたがう必要があるものの、わたしのような、無名にして、私的な生活者の場合、自然が許してくれる自由をすべて楽しめる。おまけに、軍人だし、ガスコーニュの出身でもあるから、ついつい不謹慎になりがちだ(58)。そこで、この行為については、こんなふうにいわせてもらう。「この行為は、特定の時間に、それも日中ではないようにもっていく必要がある。わたしがしているように、習慣によって、それを強制し、したがわせなくてはいけない。けれども、わたしが年老いてからしているように、このつとめのために、特別に快適な場所や便座のことを、わざわざ心配したり、行為をいつまでもだらだらと続けて、逆にやっかいなものにすることはない」と。とはいっても、もっとも不潔な、このおつとめに対しては、最大の配慮と清潔さを求めても、無理もないとも思う――《人間は、その本性からして、清潔で、繊細な動物》（セネカ『書簡集』）なのだから。あらゆる自然の行為のなかでも、これだけは、途中でやめる気になどまったくなれない。腹のぐあいがおかしくなってしまい、多くの軍人がこまっているのを、わたしは目撃してきた。でも、わたしの腹のぐあいは、わたし自身と同じで、かならず約束の時間を守ってくれる。なにか大変な用事とか、病気に妨げられないかぎり、朝一番ときまっているのだ。

したがって、前にも述べたように、病人は、自分がはぐくんできたライフスタイルを守って、ひたすら静かにしていること以上に、確実なことはないものと思っている。どのような変化も、からだの調子を狂わせ、傷つけてしまう。栗が、ペリゴール地方の人間やルッカ(59)の人間の害になるとか、牛乳やチーズが、山国の人々に害になるとは信じがたいではないか。ところが、医者ときたら、新しいだけではなくて、それまでとは正反対の生活を、健康な人間にも受けいれがたい変化を命じる。ブルターニュの七〇歳の老人に、鉱泉を飲むよう命じてみるがいい。船乗りを、蒸し風呂に閉じこめたり、バスク人に、散歩を禁じてみるがいい。それらは、彼らから運動を、つまりは、空気と光を奪うことでしかない。

生きるとは、これほど高くついてしまうのか。(出典不詳)

われわれの心は、それまで慣れきっていたことがらから、離れることを強いられて、いわば、生きるために、生活することをやめなくてはいけない。ふだん吸っている空気や、彼らを照らす光までも、重荷になった人々を、生きているといえるのか。(マクシミアヌス『哀歌』)

医者たちは、なにもいいことはしてくれないくせに、患者の生活習慣を少しずつ削って、掘りくずすことで、早い時期から死の準備だけはさせてくれる。

健康であっても、病気であっても、わたしは、自分の欲望にせかされるがままに、身をまかせてきた。わが欲望と好みに大きな権威を与えているのだ。ひとつの病気を、別の病気によって治そうなどとは思わない。病気よりも、よけいに迷惑な治療が大嫌いなのだ。結石をわずらっているのに、さらにカキを食する快楽を断つなどというのは、ひとつですむ病気をふたつにしているようなものだ。片側から病気に痛めつけられ、もう片側から規律に痛めつけられるのだから。どうせ、まちがうかもしれないのだから、むしろ思いきって、快楽を追いかけてみたい。世間の人は、この逆で、なにごとも、つらくなければ役になど立たないと考えている。簡単なことが、うさんくさく見えるのだ。さいわいなことに、わたしのさまざまの嗜好なるものは、わたしの胃の健康と、おのずと調子を合わせて、うまくかみ合ってくれた。若いころには、ぴりっと辛いソースが気に入っていたけれど、やがて胃がそれを受け付けなくなってくると、わが味覚も、ただちにそれに応じてくれた。

ワインは病人には悪いものであり、わが口は最初にこれが嫌いになった——しかも、どうしようもないほど、まずくなった。わたしがいやいや受け入れたことは、なんでも害になるが、飢えたようにして、喜んですることは、どんなことであれ、害にはならない。自分に多くの喜びを与えてくれたような行為からは、一度も害を受けたことはないのだ。そこでわたしは、あらゆる医学的な結論よりも、わたしの快楽の言い分を、大幅に聞き入れたという次第。そして、若いころ、すなわち、《クピドが、緋色の衣を身にまとい、わたしのまわりを、あちこち飛びまわって、輝いていた》（カトゥルス『詩集』）ころ、自分をとらえて離さない欲望に、わたしはだれにもまして奔放に、また無分別に身をゆだねたものであった。

そしてたたかうたびに、栄誉を獲得した。（ホラティウス『オード』）

もっとも、それらは突撃よりはむしろ、持久戦やら長期戦であったが。

その営みに、六回までたえたことを、おぼろげに覚えている。（オウィディウス『恋愛詩集』には、「九回」とある）。

どれほど幼い時分に、わたしが最初にクピドの家来となってしまったのかを告白するのは、具合の悪いことだし、異常なことだ。それはまったく偶然のことだった――分別や知識がつく年齢より、ずっと以前の話なのだ。そんな昔の自分のことは、なにも覚えてはいない。わたしのこうしためぐり合わせは、娘時代のことを覚えていない、あのクワルティラ(60)のそれと比較することができる。

早くからはえた毛とわきがの匂い、そしてわがヒゲが、母親を驚かせた。（マルティアリス『エピグラム』）

病人が、急に猛烈な欲望におそわれたりすると、医者は自分たちの規則を曲げたりするけれど、これがふつうは効果を生む。この大きな欲望〔愛の欲望〕は、自然がそれに関与できないほど、異常で、悪徳にそまったものだとは思われない。それに、想像力を満足させるというのは、とてもたいせつなことではないか。わたしの意見では、想像力とは、少なくとも、なににもましてすべてに関連するものなのだ。よく見られる、もっとも重い病気とは、想像力が感染させるものだ。だから、

「神よ、このわたしを、わたし自身からお守りください[61]」という、スペイン語の表現は、いろいろな点で、わたしは気に入っている。

それにしても、病気になると、堪能させてやれば喜ぶはずの欲望自体が起こらないというのが、なんとも残念でしかたがない――その欲望がわきさえすれば、薬などをのんでいようが、いまいが、おかまいなしなのに。そればかりか、健康でも、同じなのだから、まったくもって情けない――もはや、望むことも、欲することも、ほとんどないのだ。欲望までも、弱って、活力をうしなうとは、あわれなことである。

医学的判断というのは、われわれがなにをしても、なんの権限もないほどに、確実であるわけではない。風土や月の満ち欠けによってもちがうし、フェルネルとスカリジェール[62]とでも異なるのだ。あなたの医者が、眠るのがよくないとか、ワインを飲んだり、これこれの食べ物を口にするのはよくないとかいっても、あまり気にしないほうがいい。それと反対意見の医者を、わたしが探してあげる。医学に関する議論や意見は千差万別であって、あらゆるかたちを含んでいるのだ。治療のために、のどが渇いて衰弱し、死にかけている、かわいそうな病人を見たことがある。あとから、別の医者が、これを一笑に付して、こうした療法はからだに悪いだけだといっていた。彼の苦労など、役立たずだったのだ。最近のことだが、医者をしている男が、結石で死んだ。この病気をやっつけようとして、極端に飲食をつつしんだのだけれど、仲間たちは、この絶食が逆に身体を乾燥させ、腎臓のなかの砂を熱してしまったと話している。

病気やけがのときは、不摂生するのと同じく、おしゃべりがわたしを興奮させ、からだに害になることに気づいた。声を出すことで、からだに負担がかかり、疲れるのだ。実際、わたしは大声で、甲高いので、なにかの折りに重要なことを、お偉方たちの耳に入れるような場合には、しばしば、声を小さくするように気をつかった。次の話なども、脱線してみるだけの価値はありそうだ。ある人が、ギリシアの学校でわたしみたいに声高に話したところ、礼儀作法の先生が、もっと小声で話しなさいといっていると教えられたという。そこで彼は、「どのぐらいの調子で話せばいいのか、こっちに送ってください」と伝えた。すると先生は、「今話している相手の声を聞いて、そのぐらいの調子で話せばいい」とやり返したという(63)。「聞き手とのあいだの用件にしたがって話しなさい」という意味でならば、この忠告は正しい。でも、「相手に聞こえれば十分だ」とか、「相手に声の調子を合わせろ」といった意味だというなら、わたしには正しいとは思えないのだ。

というのも、声の調子や動きは、わたしがいおうとすることを、ある程度表してもいるし、意味してもいるのだ。自分の思いを表現するために、声をあやつるのは、ほかならぬわたしなのである。教えるための声があれば、追従するための声もあるし、叱るための声だってある。わたしは、自分の声が相手に届くだけではなくて、ときには、それが相手の心を打ち、突き刺さるようであってほしい。召使いを、突き刺すようなきつい調子で叱責したのに、「御主人様、もっと静かにお話しくださいませ。しっかりと聞こえておりますから」などといわれたら、それこそ話になりはしない。《その大きさではなくて、質によって、聞き手に合った声がある》（クインティリアヌス『弁論術教程』）にちがいない。ことばとは、半分は話し手のもの、半分は聞き手のものだ。聞き手は、相手の話し方の調子に応じて、受け取る心構えができてないといけない——テニスをする人のあいだで、レシーブする側が、サーバーの動きとか、姿勢に応じて、うしろにさがったり、構えたりするのと同じ理屈である。

わが経験は、忍耐心がないと身をほろぼすことも教えてくれた。病気にだって寿命や限界があるし、具合がいいときもあれば、悪いときもあるのだ。いろいろな病気の仕組みというものは、動物の仕組みにならってかたちづくられている。つまり、生まれたときから、限られた運命と寿命をもっているのだ。その流れにさからって、強引に病気を短縮しようとすると、かえって長びかせたり、猛威をふるわせてしまう——落ち着かせるどころか、いらだたせてしまうのだ。「病気には、軽々しく抵抗するのも、だらしなく屈服するのもいけない。病気の状態とわれわれの状態に応じて、ごく自然に身をゆだねる必要がある」という、クラントルの意見に賛成したい(64)。病気には、きちんと通り道を開けてやらないといけない。わたしなどは、むしろ病気に好き勝手にさせているから、病気のほうでも長居は無用ということにしてくれるのだと思う。おまけに、もっともしつこくて、頑固だと考えられている病気の数々も、病気自身の衰退によって退散させてきた——医学の助けを借りず、その処方にさからって。少しばかりは、自然のなすがままにさせておこうではないか。自然は、その仕事を、われわれよりわかっているのだから。

「でも某氏は、それで死にましたよ」ですって?——「だけど、あなただって死ぬんですよ、別にその病気じゃなくても、別の病気で。お尻に三人も医者をくっつけながら、死んでいった人だってたくさんいるのですから。」前例というものは、おぼろげな鏡なのであって、なんでも、あらゆる角度に映しだす。もしも飲んで気持ちいいのなら、その薬をもらいなさい。とにかく、それだけいいにきまっている。わたしは、おいしそうで、食欲をそそるものなら、名前や色にはこだわらない。快楽は、御利益《ごりやく》の主成分のひとつなのである。

風邪や痛風や下痢、動悸や頭痛でも、その他の故障でも、わたしは、それらの病気が体内で年をとって、自然に死ぬがままに放っておいた。そうした病気を養ってやるのに半分ぐらい慣れたころに、退散させたことになる。こうしたものは、挑みかかっていくよりも、やさしくもてなしてやるほうが、うまく追い払うことができる。われわれは、人間存在の定めに静かにたえていかなくてはいけない。いくら医学があるといっても、人間は、老いて、衰弱して、病気になるようにできているのである。メキシコ人が、子供に与える最初の教訓も、そうしたものだ。子供が生まれ落ちると、彼らは「子供よ、おまえがこの世に生まれたのは、たえ忍ぶためだ。我慢しろ、苦しめ、そしてじっと黙っているのだぞ」と話しかけるというではないか。

だれにだって起こりうることが、だれかに起こってしまったといって悲しむのは、正しいことはいえない。《おまえにだけ、不当な仕打ちがのしかかったというなら、憤慨するがいい》(セネカ『書簡集』)けれど。老人が、無病息災で、じょうぶなままにしてくださいと、神様に祈っているのを見てごらんなさい。若さをふたたびくださいと、頼んでいるようなものだ。

愚か者め、そんなむなしい、子供じみた願《がん》をかけて、どうなるというのか。(オウィディウス『悲しい歌』)

まったくばかげたことではないか。そんなことが許される状況のはずがない。痛風も、結石も、消化不良も、人生行路が長いことのあかしにほかならない。長旅には、雨風や炎暑はつきものではないか。プラトンは、アスクレピオスについて、がたがきて弱ってしまい、もはや祖国にも、その職務にも役に立てないような肉体にまで、この医術の神が処置をほどこして、延命をはかったとか、健康でたくましい子供がつくれるようにしたとは思っていない。それに、そうした配慮は、すべてを有用性へと導くはずの、神の正義や摂理にかなったものとも思わないのだ。——そこのお年寄り、もう終わりなんですよ。あなたを、ぴんと元気にしてあげることなんぞ、できない相談なのです。そうですね、せいぜい、漆喰かなんかを塗って、あとはつっかい棒かなんかして、あなたのみじめさを何時間か長びかせるのが関の山なのですから。――

崩れかけた建物をなんとか支えようとして、いろいろなつっかい棒をしても、その日が到来すれば、足場だって、支柱だって、建物もろとも崩壊してしまう。（マクシミアヌス『哀歌』）

避けられないことは、それを耐えしのぶことを学ぶ必要がある。対立物によって世界の調和が構成されているのと同じように、われわれの人生は、耳にやさしい音や耳ざわりな音、高い音や低い音、やわらかい音や荘重な音からできているのだ。片方の音だけが好きな音楽家は、どういうつもりなのか。音楽家は、それらをともに用いて、組み合わせることを知らねばならない。われわれもまた、善と悪という、ともに人生の実質をなすものに関して、同様の義務がある。人間存在は、両者を混ぜ合わせることなしに成立しないのだし、片方の部類は、もう片方におとらず、必要なものにちがいない。自然の必然性にさからうのは、自分のラバに足蹴りをくらわそうとした、クテシフォンの愚行の二の舞を演じることになる(65)。

わたしは、体の変調を感じても、ほとんど医者に診てもらわない。というのも、医者たちときたら、相手を自分の掌中におさめると、とたんに居丈高《いたけだか》になってくるし、予後について、耳にがんがんくるほどしゃべりまくるからたまらない。いつだったかも、わたしが病気で弱っているのをいいことにやってきて、偉そうな顔をして、その学説でもってわたしを不当に虐待し、激痛が走りますよとか、死期が近いですよなどと、おどしたのである。そのことで、わたしは、打ちのめされたわけでもないし、その場所から立ち退かされたわけでもないが、ずいぶん心が揺さぶられたし、こづきまわされた。わたしの判断が変更されたり、曇らされたりすることはなかったけれど、少なくとも、じゃまをされたのはたしかだ。こんなふうに、医者がかかわると、いつでもごたごたしてしまい、やりあうことになる。

ところで、このわたしは、想像力をなるべくやさしく扱ってあげる。できることなら、あらゆる苦痛やもめごとから解放してあげたいのだ。想像力に手を貸して、うまくけしかけ、だますことも必要である。わたしの精神は、こうした仕事にはうってつけで、どんなことにでも、もっともらしい理由を見つけてくる。わたしの心が、説教でもしているような感じで納得させてくれるというなら、揺さぶられたってうれしくもなる。

実例が知りたいですって？　よろしい。わが心はこんなふうにいう。「わたしが結石なのは、自分のためにもいいことなのだ。わたしぐらいの年齢ともなれば、この肉体という建物だって、おのずからどこかにがたがくる。そろそろ、壊れはじめるころなのだ。だれにだって、老いは否応なしにおとずれるのだよ。自分だけに新たな奇蹟がおこるわけがないじゃないか。こうやって、老年が支払うべき家賃を払っているのだから、安くすまそうとしても、それは無理な相談なんだよ。今の時代の人間にとっては当たり前の不幸におそわれたのだから、やっとこれで仲間入りができたと、自分をなぐさめればいい。なにしろ、同じ病気で苦しむ連中が、あちこちで目につくじゃないか。おまけに、この病気はな、偉い人々によろこんで取りつくというぞ。わたしなんぞ、その名誉ある仲間じゃないか。この病気の真骨頂は、高貴にして、偉大なところにある。それに、この病気にかかった人間で、わたしほど、うまくきりぬけた者も少ない。ふつうは、しんどい食餌療法をしたり、毎日、いやいや薬をのまなくてはいけないんだ。ところがどっこい、こっちは、やたらと運がよくて、こんなに楽にしてるじゃないか。

そういえばエリュンギオン草やトルコ草〔ともに、利尿効果あり〕の煎じ薬を、数回のんだこともあったっけ。こちらの苦痛をうわまわるほどの親切さでもって、ご婦人方が半分わけてくださったのだけれど、なるほど、のみやすい感じなのだが、どうも効き目はなかった。ほかの病人は、石がたくさん、うまく流れ出ますようにと、医術の神様アスクレピオスにお百度を踏んだり、医者にたっぷりお金を払わなければいけない。ところが、わたしときたら、自然のお恵みで、そうした願いも、よくかなうではないか。人といっしょのときだって、礼儀正しくしていられる。この病気だからといって、別段あわてなくていい。なにしろ、健康な人にまけずに、一〇時間も小用をがまんできるんだからな。」

そしてわが心は、わたしにこうもいう。「昔、おまえがまだこの病気のことを知らなかったときは、病気に対する恐怖が、おまえをこわがらせていたのだ。こらえ性のなさから、よけいに病気をつらいものにしている人々がいるけど、そういう連中の叫びや絶望が、よけいおまえに恐怖心を生みだしていたんだ。いいか、これはなあ、おまえがいちばんあやまちをしでかしてきた部位を襲う病気なんだぞ。おまえにだって、良心というものがあるはずだ。《その罰が不当なものなら、苦痛でしかない》（オウィディウス『名婦の書簡』）けどな。でも、この罰をとくと見るがいい。ほかの人のとくらべたら、それはそれは、じつに穏やかなもので、なんだか父親みたいな温情にみちあふれているじゃないか。それに、ずいぶんとお出ましが遅かったじゃないか。おまえの人生が、いやおうなしに、荒涼として、実りのない季節を迎えようという頃合いを、ちゃんとみはからって、おまえを不如意にしたという次第。まるで示し合わせたみたいだぞ。だって、若いころは、好き勝手に遊んだり、快楽にふけったりさせてもらったのだから。人々が、この病気におそれと憐れみをいだいていることも、おまえからすると自慢の種なんだろ。そんな自慢だとか名誉なんぞ判断力から追い払いました、自分の考え方から退治しました、というつもりかもしれないけれど、友人の目からすると、なにかの拍子で、おまえの性格にそういう感じがみてとれるわけだ。だって、〈ずいぶん強いですね。大した忍耐力ですね〉なんていわれるのを聞くと、やっぱり気分がいいものな。

苦痛であぶら汗を流して、青くなり、紅潮しては、がたがたふるえ、血までも吐いて、異様なけいれんに苦しみ、ときには目から大粒のなみだを流し、どろどろして、どす黒い、おそろしい尿を出し、あるいはまた、とげとげのある石で小便をせき止められて、ちんぼこに突き刺すような、ひっかくような、猛烈な痛みを感じながら、おまえは、ふだんと少しも変わらない調子で、一座の人々と談笑して、ときおり召使いと冗談までかわし、堅苦しい話題にも加わっている。そして、本当は痛くて、痛くてたまらないくせに、〈いや、大した痛みではないんですよ〉なんて、弁解までしているんだ。

徳に一息つかせることなく、自分を鍛錬するために、まるで飢えたように苦痛を求めた、昔の人々のことを覚えているよな。要するに、自然が、ああした栄光ある学派に、おまえを連れていって、ぐっと押しこんでくれたとでも考えればいいんだ——絶対に、自分から進んで入ることなんてなかったに決まっているのだから。〈でも、危険で、命取りの病気ですよ〉だって？　どんな病気だって、そうしたものじゃないか。医者は、特定の病気を別扱いして、これは直接死につながるものではありませんよなどというけど、こんなのはごまかしにすぎないんだ。病気が、不意に死へ向かおうと、あるいはまた、われわれを死へと導く道のほうに、たやすく横滑りしたり、それていたからといって、それがなんだというのか。おまえは病気だから死ぬのではなくて、生きているからこそ、死ぬんだよ。病気という手助けがなくたって、死は、おまえをしっかりと殺すんだぞ。それに、病気によって死から遠ざけられた人たちだってなくはない。自分は死んでいくんだと思っていただけに、よけいに生きたことにもなるわけだ。おまけに、傷の場合と同じで、病気といっても、薬効あらたかにして、健康にいいものだってある。結石というのはな、たいてい、おまえたちにまけないほど元気なんだ。人によっては、幼いころから老齢にいたるまで、ずっと石を持ち続けることもある。不意に置き去りになどしなければ、結石はもっと先までお供したにちがいない。結石に殺されるよりも、たいていは、おまえたちが結石を殺しているんだからな。それに、結石のおかげで、まじかに迫った死の姿が拝めるというなら、それは、おまえみたいな年齢の人間に、人間の最期について考えさせてくれるのだから、なんとも親切なことというしかない。あいにく、おまえにはわざわざ治すだけの理由もなさそうだし。いずれにしても、人間だれにも共通の運命というやつが、すきなときにおまえを召喚なさるわけだ。

それに考えてもみろよ、結石というのはな、なんとも巧みに、おまえが人生に嫌気をさすようにさせてくれて、じわりじわりと人生から引き離していってくださるんだ。ほかの老人病なんかとはちがってな、ひっきりなしに衰弱させ、痛めつけて、相手をがんじがらめにして、暴君のように服従を強いてやろうなんて、これっぽっちも思いやしない。ほどよい間隔をおいて、警告やら教訓やらを与えてくださる。しかも、その合間には、長い休息の時間まではさんでくれる——

まるで、猶予を与えるから、その教訓についてゆっくりと考えて、いくども反芻しなさいとでもいわんばかりにな。正しい判断をくだし、勇気ある人間として決断できるように、この病気はおまえに、それがよかろうと、わるかろうと、症状をまるごと提示してくれるんだ。おまけに、とても快適な生活と、たえがたい生活とを、一日のなかでちゃんと示してくれる。そしておまえは、死を抱擁することはないけれど、少なくとも月に一度ぐらいは、その手のひらにさわっているじゃないか。だから、いつの日か、死が、おまえを前触れなしにつかまえてくれると、十分に期待していいわけなんだ。こんなにしょっちゅう、港まで連れてこられているわけだから、まだ、ふだんの境界線のところにいるなんて思っているすきに、ある朝、いつのまにか、おまえは、自信満々で三途《さんず》の川を渡りきっていたなんてことだって、あるかもしれないぞ。病気だって、時というものを、健康と公平に分けあっているのだから、病気だ、病気だなんて、ぐちをいっちゃあ、おしまいよ。」

――と、こんな具合である。結石という病気は、同じ武器を手にして、しばしばわたしを襲ってくれるから、わたしはそうした運命に感謝しているほどだ。病気は、習慣となることによって、わたしを訓練し、仕込み、鍛えて、慣れさせてくれる。だから、これからは、どうすればそれを免れられるのかも、ほぼわかっている。それにしても、生まれつき、どうも記憶力がわるいから、わたしは紙に記憶させる。持病になにか新しい症状でも現れたら、それを書き留める。おかげで今では、あらゆるたぐいの症例を、ほとんど経験ずみで、なにかひどい病状がでて、心配な場合にも、このとりとめのないメモを、あたかもシビラのお告げの葉っぱでも読むみたいに、ぱらぱらとめくるのだ。[66] すると、過去の経験にもとづいて、好都合な予測をかならず見つけることができて、とても心強い。

病気に慣れっこになるということも、将来によりよい希望をいだくのに役立っている。というのも、このようにして長いこと、石が続々と出てきたのだから、自然がこの調子を変えることはないだろうし、いま感じているのよりもひどい発作などは起こらないだろうと、信じることができる。そればかりか、この病気の性質は、このわたしのせっかちで、あわただしい気質に合わないわけではない。じわりじわりと責められたりすれば、かえってこわくなる――長びくにきまっているからだ。ところが結石というのは、猛烈にして、大胆な発作が持ち味であって、一日あるいは二日のあいだ、わたしを徹底的に揺さぶるにすぎない。

わたしの腎臓は、変わることなく一時代[67]をたえてきたし、変調をきたしてからでも、そろそろ一時代[68]がたとうとしている。幸福と同様に、不幸にも潮時というものがあるわけで、おそらくは、この病気も終わりに近づいている。年のせいで、胃の熱が弱まっていて、完全に消化しきれずに、生のまま胃から腎臓に送られている。[69] ということは、一定の周期が終われば、わが腎臓の熱のほうも弱まり、粘液〔昔の医学では、四大体液のひとつ〕を石にすることができなくなり、自然は、それを浄化する別の方法を見つけるようになっても、ふしぎではない。年月は、明らかに、流出する体液のいくつかを枯渇させたのである。となれば、結石に原料を供給している、この排泄物が干上がったっておかしくはない。

それにしても、あの突然の変化に比肩するほど、快適なものなどあるだろうか？　結石による、突然の疝痛《せんつう》にはよくあることなのだけれど、極度の苦痛とともに、わが石を排出してしまうと、一瞬のうちに自由で、充実した健康という光を取り戻せる。こうした苦痛のなかには、瞬時に回復するという快楽に見合うだけのものがあるということなのだろうか。病気のあとの健康とは、なんと美しくみえることか。両者は、すぐ隣りあっているために、わたしには、健康と病気とが、完全武装して立ちならび、先陣をあらそってせめぎあい、しのぎをけずっている姿を認めることができる。ストア派が、「徳に価値を与え、手助けをするのに役立てるために、悪徳が導入されたのだ」(70)と述べるのと同じで、「快楽や、苦痛がないことに敬意を表して、奉仕するために、自然は、われわれに苦痛を与えた」というのは、理にかなっているし、憶測でもなんでもない。ソクラテスも、鉄の足かせをはずしてもらったとき、それまでは重さでしびれていた足が、むずがゆくなって、むしろ快感を感じたという。そこで彼は、苦痛と快感のあいだには緊密な関連があって、両者は必然的に結びつき、次々と継起して、苦痛は快楽を、快楽は苦痛を生むのだと思って、うれしくなった。そして、アイソポスについて、あの優れた男も、このことをヒントにすれ

ば、きっとすてきな寓話の素材を引き出せたのにと叫んだというではないか。(71)

それ以外の病気をみていて、わたしが最悪だなと思うのは、症状がそれほど重くなくても、病気の予後がどうも思わしくないということだ。気弱になって、不安をいっぱいかかえたまま、回復するまでに一年も待たなくてはいけない。もう安泰というところに戻るまでに、多くの危険と段階があるために、なんだかきりがない。頭巾を、そして小さな帽子をはずすことを許され、外の空気を浴びていいよとか、ワインもよろしい、妻もメロンもかまいませんよなどといわれる前に、なにか別の悲惨な事態におちいらなかったならば、もっけのさいわいである。ところが、わたしの病気の場合は、きれいさっぱり消えてなくなるという特性をもっている。ほかの病気ならば、なにがしかの痕跡とか変調を置きみやげにしていくから、身体も別の病気にかかりやすい。つまり、病気どうしがおたがいに手を握っていることになる。そうはいっても、その病気が、われわれを支配するだけにとどめて、支配権を拡張したり、後遺症を残したりしなければ、許してやれる。だが、その病気が通過することで、なにか有益な結果をもたらしてくれるという、なんとも親切で礼儀正しい病気だってあるのだ。わたしなどは、腎臓結石が見つかってから、ほかの病気を免除していただいた。なんだか、以前よりはるかにそんな気がするし、それ以来、発熱などしたことがないのである。

わたしはしばしば、激しい嘔吐におそわれるが、それが体内を浄化してくれるのだし、食欲不振や、よく経験する奇妙な絶食感も、悪性の体液を消化しているのでないのか――こんなふうに推理している。要するに、自然が、自分にとって余分で、有害なものを、この結石のなかに捨ててくれているのである。「でも、結石という薬を、ずいぶん高く買わされましたね」などと、いわないでいただきたい。それならば、あの臭くてたまらない飲み薬や、焼灼《しょうしゃく》、切開、発汗療法、貫通法〔排膿のため、皮下にガーゼを入れる〕、絶食等々の、治療法はどうだというのか。その激しさや執拗さにたえられなくなって、しばしば死を招いているではないか。だからわたしは、病気におかされたときには、それを治療薬とするのだし、その病気から免れたならば、それを恒久的にして、完全なる解放とみなすのだ。

いや、わたしの病気は、ほかにも、もうひとつ特別な恵みを与えてくれる。つまり、病気のほうでほとんど勝手に働いてくれて、こちらを好きにさせてくれるのだ[72]。まあそれは、そこまでわたしに気力があるかどうか次第なのだが、この病気がもっとも暴れまわっているときにも、馬上で一〇時間我慢したことがある。――「ひたすらたえるのです。ほかの処方など不要なのです。できるなら、遊んだり、食べたり、走ったりと、あれこれすればいいのです。羽目をはずしても、害になるよりも、むしろ体のためなのですから」ということではないのか。

しかしながら、これと同じことを、梅毒や、痛風や、ヘルニアの患者にいったら大変だ。結石以外の病気には、どれにも、なにかと定められた義務があると決まっていて、われわれの行動をはるかに束縛し、秩序を乱すから、暮らしのなかで、常にその病気のことを念頭においておく必要がある。ところが結石は、皮膚をつねるだけで、あとは判断力も意志も、舌も手足も、好きなままにさせてくれる。患者をうとうとさせるよりも、むしろはっと目覚めさせる。

精神は、燃えるような熱病にやられ、てんかんの発作に打ちのめされ、ずきずきする偏頭痛でがたがたになる。つまり、全身や、もっとも高貴な部分をいためつける、さまざまの病気によって、精神はひどい衝撃を受けるのだ。ところが、結石は精神を攻撃することはない。たとえ精神に支障をきたしても、それは精神そのものの罪なのだ。精神がみずから自分を裏切り、見捨て、解体してしまうのだ。腎臓のなかで焼き上げられる、あの固くてまるい物体を、飲み薬で溶かすことができるなどという話を真に受けるのは、おろかな連中のすることだ。石がそろそろっと動き始めたら、あとは道をあけてやるしかない。そうすれば、敵だって、そこを通って出てくれるはずだ。

そしてまた、この病気には、推測の余地などあまりないという、特別の利点があることも指摘しておきたい。ほかの病気だと、原因や、病状や、進行が不確かだから、動揺してしまう――それは、この上なくつらい不安感だ。けれども、結石の場合、そうした心配はない。医者の診察とか、所見を求める必要などない。感覚が、これがなんの病気か、患部はどこかを教えてくれるのだから。

ちょうどキケロが、老年の苦しみについてしたように[73]、わたしは、ときには強力な、またときには薄弱な理屈を立てて、わが想像力を眠らせたり、暇つぶしをさせたりして、その傷口に軟膏を塗ってやろうと試みるわけだ。あした、傷が悪化したら、そしたら、また別の逃げ道をこしらえてやればいいではないか。

これが本当だという証拠に、あれからまた最近、ほんの軽い運動をしただけで、腎臓から鮮血が出た。でも、それがどうしたというのか。わたしは以前と変わらず動きまわり、若々しく、やや無謀な激しさで、愛犬を追いかけ、馬に拍車をかけている。こんなにひどい疾病をわずらいながら、その部分が、ずしーんと重苦しくて、どうも変だというだけなのだから、ずいぶん得をした気がする。なにやら大きな石が、わたしの腎臓の中身を押しつぶして、すり減らしている。こうしてわたしは、自分の命を、少しずつ、捨てているのだけれど、それは、まるで、もう余計で、じゃまになった排泄物を出すみたいで、自然な快感をともなっている。

なにかが崩れるように感じたらですって？　いや、わたしが、しきりに脈をみたり、尿を調べたりして、むだに時間を使い、なにか不安な予測でも引き出そうとしているなどと、期待してもらってはこまる。なにもわざわざ心配病で、病気を長びかせなくても、苦痛があれば、すぐ感じるからいいのだ。

つまり、苦しむことをおそれる人は、おそれるということにより、すでに苦しんでいるのである。おまけに、自然の潜在能力や、体内でのその進行を、わざわざ説明しようとする人は、疑いぶかく、無知なのであって、彼らの学問が、まちがった予想ばかりしていることからしても、自然というものが、底知れぬほど未知の能力をもっていることを認識する必要がある。自然が、われわれに約束したり、おどかしたりすることのなかには、ひじょうな不確実さや、多様性や、曖昧さがある。死が近いことを告げる、疑いようのない兆候としての老いを別とすれば、それ以外のどの病気にも、自分たちの予測の根拠としうるような兆候など、わたしにはほとんど見つけられない。

わたしの場合、論証《ディスクール》によってではなく、実感によって、自分のことを判断する。論証してどうなるというのだ。わたしは、病気に対して、じっと我慢して待つことだけを差し出したい。「それでなんの得があるのか、知りたい」ですって？　ならば、そうではないやりかたをしている方々をごらんになるがいい。医者のあれこれの説得や助言にすがっている人たちは、しばしば、根も葉もないことを想像して、苦しんでいるではないか。わたしなんかは、危険な病状を脱して、もう平気だという段になってから、医者には、病気になったばかりみたいな顔をして症状を訴えるというようなことを、おもしろくて何回もやっている。医者が、とてもおそろしい診断結果をくだすのを、心のなかではゆったりとかまえながら、じっと聞いていて、それだけますます神の恩恵に感謝するとともに、医学のむなしさをはっきりと悟るのである。

　青年たちになによりも奨めたいのは、活動的で、覚醒していることだ。生きることとは運動にほかならない。わたしはおっくうなたちで、起きるのも、寝るのも、食べるのも、なにごとにつけのろい。七時など、わたしからすると早朝であって、自分が指図できる場所ならば、一一時前に昼食などとらないし、六時すぎでないと夕食にはしない。以前は、熱がでたり、病気になったりするのは、長く眠りすぎて、頭がぼやっとして、体がだるくなるせいにしていた。それで毎朝、二度寝をしてはいつも後悔していた。そういえばプラトンも、飲みすぎよりは、眠りすぎのほうを非難していた(74)。

　わたしは固いベッドに、ひとりで寝るのが好きだ。つまり王様みたいに、妻とは別に、それもかなり着こんで寝るのが好きだ。ベッドを湯たんぽで暖めることは、絶対にしない。でも年をとってからは、必要なときには、足や腹を暖める毛布をもらう。あの大スキピオは眠ってばかりいると難癖《なんくせ》をつけられたが(75)、思うに、この人の場合、全然文句のつけようがないので、くやしくて、こんなことをいわれたにちがいない。わたしが特別にこころがけていることがあるとしたら、それはなによりも、寝ることに関してなのだ。もちろん、ほかの人と同じく、いざとなれば、たいていはそれに譲歩して、合わせるようにしている。

　眠ることは、わたしの人生のかなりの部分を占めてきたし、この年齢になっても、あいかわらず八、九時間を一気に眠っている。でも、こうした怠けぐせも抜けてきて、得をしている。明らかに、体にいいのだ。こうした変化は、最初はきついけれど、三日もすればなんともなくなる。いざとなればわたしほど、少ししか眠らなくて平気で、たえず働きまわり、戦争という激務にもへこたれない人間は、あまり見かけない。わたしの肉体は持続力はあるのだが、強い瞬発力みたいなものに欠けている。今後は、汗をかくような激しい運動はさけようと思っている。手足が暖まる前に、疲れてしまうのだ。そのかわり、一日中立っていても平気だし、歩きまわっても全然くたびれない。ただし、石畳の上だと、これはもう幼いころから、馬でないといやだった。歩きだと、お尻のあたりまで泥がはねあがるし、背が小さいと、どうしても目立たないために、こうした道を通っていると、ぶつかられたり、ひじ鉄砲をくらったりしやすいのだ。そしてもうひとつ、わたしは、横になっていても、座っていても、とにかく足を、椅子の高さと同じぐらいか、それ以上にまで上げて休息するのが好きなのだ。

ところで軍人ほどに、心地のよい仕事はない。この仕事は、実践においても高貴であり――なぜならば、あらゆる美徳のうちで、もっとも強く、高邁で、りっぱなのは、勇気ではないか――、その目的もまた高貴なものなのだから。祖国の平和と偉大さとを守ることほど、正義にかない、広く役立つ仕事はないのだ。高貴にして、若くて、活発な多くの人々とつきあうこと、たくさんの深刻な光景を日々目の当たりにすること、ざっくばらんにつきあえることや、いかにも男っぽい、格式ばらない生活、多種多様な活動、耳や心を占めて興奮させる、あの軍楽の勇ましい響き、そして、過酷で困難な職務ならではの名誉といったものが、心を喜ばせるのだ。もっともプラトンは、軍人という職務の困難さを軽くみて、彼の国では、女や子供にも軍務を分担させているのだが(76)。

この仕事が輝かしく、また重要なものだと判断するからこそ、人は、この特別に危険な任務に、いわば志願兵として申し出るのだ。そして、生命さえも、正当な理由のもとに、この任務に捧げられたとき、《戦いのさなかに死ぬのは、美しいことだ》(ウェルギリウス『アエネイス』)と思うのも、当然ではないか。

あれほど多くの人々にかかわる、全体的な危機をおそれ、さまざまな人々が、あるいは国民のすべてが、果敢に立ち向かっていくことをしないのは、あまりに軟弱で、卑しい心の持ち主というしかない。仲間がいっしょであれば、子供にだって自信を与えることができる。人が、学識や、魅力や、力や、財産において、あなたを凌いでも、なにか別の理由をあげて、そのせいだと文句をいうことができる。だが、精神的な強さにおいて人に劣った場合には、自分を責めるしかないのだ。戦いでの死よりも、ベッドの上での死のほうが、みじめで、長丁場で、つらい。熱病やカタルは、火縄銃で撃たれたのと同じぐらい、苦痛だし、命取りともなる。だから、ふだんの生活でのわざわいを勇敢にたえられる人ならば、兵士となるために、わざわざ勇気をふるいおこす必要もない。《親愛なるルキリウスよ、生きるというのは、戦うことなのだ》（セネカ『書簡集』）。

わたしは疥癬にかかった記憶がないのだが、掻くということは、自然がくれた、もっとも甘美な恩恵であり、しかもすぐ手近にある。しかし、掻いたあとの後悔なるものが、すぐそばに、しつこくつきまとっている。わたしがこれをやるのは、耳に対してだ――時どき急に、耳のなかがむずがゆくなるのだ。

わたしは、生まれつき、どの感覚もほとんど申し分のない状態である。胃とか頭もじょうぶで、熱が出ても平気だ。呼吸についても、同じことがいえる。いくつかの国では、人生における妥当な終わりなるものを決めて、それを越すことを許さないともいう。それには、それなりの理由があろうが、わたしなどは、そうした年齢を越えてしまった。(77) だが今でも、思い出したように、ほんの短いあいだ、それを猶予されることがある。しかもそれが、きわめてはっきりしたものであって、若いころの、健康で、どこも痛くもなんともない状態とほとんど変わりがないのだ。いや、活発で、力強いということではない。そうしたものが、境界線を越えて、わたしについてくるなどという理屈があるはずもない。

わたしにはもはや、空からの雨に打たれながら、おまえの家の戸口でじっと待っていることなどできない。（ホラティウス『オード』）

わたしの場合、具合が悪ければ、それがすぐに顔や目にあらわれる。すべての変化がそこから始まって、しかも、実際よりも少しばかりきつくあらわれる。だから、自分ではなにが原因だかわからないうちに、友達が気づいて、お気の毒になどといわれることもよくある。鏡を見ても、わたしは驚きなんかしない。というのも、若いころだって、なんだかさえない顔色をして、すっきりしない具合になって、よくない兆候を示すことがけっこうあったけれど、別に大したことはなかったのである。この外見の変化に対応するような原因を見つけられなかったものだから、医者連中ときたら、原因を精神的なものに求めて、なにか不可解な情念が、わたしの心をむしばんでいるなどとしたのだ。でも、彼らはまちがっていた。なぜならば、もしも肉体というものが、精神と同様に、主体の意志で支配できるのなら、われわれはもう少しのんびりやっていけるにちがいない。あのとき、わたしの精神にはなんの憂いもなかったばかりか、満足感と陽気な気分にみちあふれていたのだ――例によって、半分は質のせいで、そして残りの半分は、意志によって。

わたしの精神の病いは、その肉体をそこなうことはない。（オウィディウス『悲しい歌』）

こうしてバランスを保とうとする、わが精神のありようのおかげで、肉体が何度も転落をまぬがれたのだと、わたしは考えている。わたしの肉体はしばしば打ちのめされるのだが、精神のほうは、まあ陽気とまではいわなくても、少なくとも、平静で、落ち着いている。わたしは四日熱マラリア(78)に四、五か月苦しめられたことがあって、顔つきまで変わってしまったが、精神はあいかわらず穏やかであるばかりか、楽しくもあった。苦痛が自分の外側にあるのならば、衰弱したり、げっそりしてしまっても、わたしはそれほど落ちこむことはない。その名を口にするだけでもおそろしい肉体的疾患を、わたしだっていくつも知っているけれど、でも、世間でよく見られる、さまざまな心の病いや錯乱にくらべれば、それほどこわくはない。

わたしは、これからはもう走らないぞと決心している——ゆるりと歩くだけで十分なのだ。自分の肉体が、いつのまにか弱っているといって、嘆くこともない。《アルプス地方で、のどが腫れる病気の人を見て、だれが驚くというのか(79)》。

それにまた、カシの木のように、じょうぶで、いつまでも長命を保つことができないからといって、無念だとも思わない(80)。わたしの思考方法のことでも、別に文句はない。これまでの人生で、眠りつけなくなるほど考えごとをしたという経験は、わずかしかないのだ。もっとも、欲望をめぐる雑念だけは例外で、わたしを目覚めさせるものの、別に苦しめるわけではない。わたしはあまり夢を見ない。見ても、それはたいていは、なんだかおかしな考えが生み出した、幻想や妄想みたいなものだから、悲しいというより、むしろこっけいな感じになる。夢が、われわれのさまざまな性向の、忠実な代弁者だというのは本当だと思うが、それらをきちんと分類して、理解するには、しかるべき技術が求められる。

人間が生活のなかで取り組むことがら、考えたこと、悩みごと、見るもの、目覚めているときに、することや思うことが、そのまま夢のなかにあらわれても、不思議ではない(81)。

プラトンは、夢から将来の教訓を引き出すのが、英知なるものの役割だとまで述べている(82)。このことについて、わたしが承知しているのは、ソクラテス、クセノフォン、アリストテレスといった、申し分のない権威が、夢について驚くべき経験を語ったことである。歴史家によれば、アトランティスの人々は、絶対に夢を見なかったという。また動物の肉をけっして食べなかったともいうが、このことをどうして付け加えたかというと、彼らが夢を見なかった理由ではないのかとも思うからだ。ピュタゴラスなどは、好んで夢を見るために、ある種の食べ物を用意させたというではないか(83)。ところで、わたしの夢などは、おとなしいものであって、体をばたばたさせたり、寝言をいったりすることはない。というのも同時代の連中で、夢で、ものすごくうなされる人を、ずいぶん見てきたのだ。哲学者のテオンは、夢を見ながら歩きまわったというし、ペリクレスの召使いは、屋根の瓦や棟の上までのぼったという。[84]

わたしは食卓では、ほとんどえり好みはせずに、手近にある、最初のものに手をつける。また、ひとつの味から、別の味にと、ころころ移るのも好まない。ごてごてとたくさんあるのは嫌いだし、料理の皿数がやたらと多いのも気に入らない。ほんのわずかの皿数で満足なのだ。要するに、「祝宴では、食欲をそそるような料理は、すぐに下げて、新たな皿と取りかえる必要がある。会食者に、いろいろな鳥の尻肉を次々と堪能してもらわずに、全部食べるに値するのは小さなムシクイドリだけといった夕食では、みじめというしかない」という、ファウォリウスの意見は大嫌いなのだ。[85] ふだん、わたしは塩漬けの肉を食べているけれど、パンに関しては塩の入らないのが好きだ。そこでわが家のパン職人は、当地の習慣とはちがって、それ以外のパンは、わたしの食卓に出さない。そういえば子供のころ、わたしが、砂糖、ジャム、焼き菓子といった、子供がふつうは大好きなものをいやがるので、みんなはこれを矯正しようとして必死になっていた。家庭教師も、わたしがこうした甘くておいしいものを嫌うこと自体が、一種の甘えだとしてたしなめた。たしかに、その好みがどうであれ、それはえり好みというしかない。ふすまの入った全粒パンや、ベーコン、ニンニクといったものへの特別な好みやこだわりを、子供から奪うのは、味覚の楽しみを奪うことにほかならない。おいしいヤマウズラが供されているのに、牛肉やハムが食べたくて食べたくて、一生懸命がまんしている人を見かけるが、なんともしあわせなことではないか。これぞグルメのなかのグルメなり！　ふだん食べ慣れたごちそうに飽きてしまったという、まあ、じつに気楽なご身分の方々の気むずかしさというしかない。《ぜいたくさは、そうしたことで、富めるがゆえの退屈さから逃れる》（セネカ『書簡集』）のだから。他人がごちそうといっているからと、それを楽しまなかったり、自分が食べるものに、ものすごく凝ったり、あるいは《じみな皿に盛られた野菜類を食べるのをためらう》（ホラティウス『書簡詩集』）なら、それこそ悪癖の本質というしかない。

　自分の欲望を、もっとも手に入れやすいものにかぎったほうがましだという考え方は、なるほど、これとは異なっている。とはいえ、自分を束縛するのだから、これもやはり悪癖にかわりない。そういえば、昔、親戚の者に、ガレー船に乗っているうちに、寝るときに、服をぬいでベッドに入るという習慣を忘れてしまった男がいたので、わたしは彼を気むずかし屋と呼んでいた。わたしに男の子供がいたら、[86] わたしと同じ運命を歩むことを期待しただろう。神はわたしに優しい父親を与えてくださったけれど、その優しさにたいして、わたしは、ひたすら感謝を、それもはつらつたる感謝を捧げたい。その父親は、まだ揺りかごのなかのわたしを、自分の領地の貧しい村[87]に里子に出し、わたしが乳を飲んでいるあいだだけではなく、その後もそこに預けて、わたしを庶民の、ありきたりの生活に慣らしたのだった。《しっかりとした習慣を身につけた腹ぐあいは、自由の大きな部分を占めている》（セネカ『書簡集』）というではないか。

子育てという責任を、自分が引き受けるべきではないし、ましてや、妻にまかせてはいけない。民衆の、ごく自然な掟のもとで、運にまかせて養い育てるのが望ましい。習慣によって、彼らを、質素で、飾りけのない生活に慣れさせるのだ。そして彼らが、過酷さのほうへとのぼっていくのではなくて、過酷さからおりてくるようにするのがいい。——わたしの父親はこんなふうに思っていたのだけれど、そこには、もうひとつの目的があった。わたしを、民衆と、われわれの助けを必要とする境遇の人々と近づけようというのだ。わたしが、自分に背中を向ける人よりも、むしろ手をさしのべてくれる人に、目を注ぐべきだと考えていたのだ。そのため、わたしの洗礼のときも、もっとも卑賤な人々を代父に選び、わたしが彼らに恩義や愛着をいだくようにしたのだ。(88)

父のこうした思惑が、まったく実現しなかったというわけではない。このわたしが、庶民のことに気を配るのは、そのことをより誇りに感じるからだし、わたしの心のなかでかぎりない力をふるう、生来の同情心によるものである。わが国の戦乱において、わたしが非難している側が、隆盛をきわめているとあらば、わたしは、ますますその党派をきびしく批判するだろう。でも、それが尾羽打ち枯らすのを見れば、わたしだって、いくらかは好意的になりそうだ。スパルタ王の娘にして妻でもあった、キロニスの殊勝な心がけのことを思い出すのである。この都市国家の騒乱に際して、夫のクレオンプロトスが、父親のレオニダスに対して優位を占めているあいだは、キロニスは、よき娘として、追放されて、窮地に立った父親の側につきしたがい、勝利者たる夫に対抗した。だが、ひとたび運命が逆転すると、その運命とともに意志をひるがえして、敢然と夫の側に移り、どこまでもつきしたがって、破滅をともにしたのであった(89)。彼女が選んだ道とは、もっとも彼女を必要とする側に、憐憫の情をもっとも注ぎうる側に、ひたすら身を投じることであったように思われる。わたしも生まれつき、自分の得になりそうな人々よりも、むしろ、自分を必要とする人々に手を貸した、フラミニウスの例にしたがう性分なのだ。偉い人々には身をかがめ、市井の細民には高慢になるたちの、ピュロスの例にならうつもりはない(90)。

食事が長いのは、わたしにはうんざりだし、からだにもあわない。どうやら子供のころ身につけてしまったらしく、どうにもうまくふるまえず、食卓ではのべつ食べてしまう。だから家では、食事は短いけれど、アウグストゥスの例にならって、わたしだけ少し遅れて食卓につくようにしている。ただしアウグストゥスが、他の者よりも早く食卓を離れたことまでは、まねていない(91)。むしろその逆で、食後もずっとのんびりして、閑談に耳をかたむけているのが好きなのである。だが、仲間には加わらない。食前に、叫んだり、議論するのは、健康にもいいし、愉快だなと思うけれど、満腹で話すのは、疲れるし、どうにも苦しくてたまらない。

それにしても、古代のギリシア人やローマ人たちは、われわれよりもよほど理屈にかなっていた。彼らは、なにか特別な用事でも入れば別だが、ふつうは、人生の主要な活動である食事に対して何時間も、それも夜のいちばんいい時間をあてがったのだ。しかも、なにごとも、せかせかと片づけたがる、われわれとはちがって、ゆっくり飲んだり食べたりして、この自然な快楽を思う存分に、充実させて、味わい、その合間に、快適にして、かつ有益な、さまざまな社交上の仕事をもりこんだのであるから。

だれかが、わたしの世話をすることになっても、わたしに害がありそうだと思うものを、難なくとりあげることができよう。というのも、わたしの場合、そうしたものを目にしないかぎり、少しも欲しいとも、なくてさびしいとも思わないのだ。だが反対に、それらがいったん出されてしまえば、わたしにいくらそれを控えなさいと説教しても、それはもう時間のむだというしかない。したがって、食事制限をしたいときも、夕食をする人たちと別にしてもらい、規定の分量の食事をきちんと出してもらう必要がある。というのも、食卓につくやいなや、わたしは自分の決意など二の次になってしまうからだ。また、ある料理の調理法を変えなさいなどと命じることがあるが、これはわたしの食欲が落ちたしるしであって、その料理には手をつけないことを、召使いたちはきちんとわかっている。

わたしの場合、それが可能であるならば、どんな料理も、あまり焼きすぎないのが好みだし、肉などはたいてい、においが変わるぐらいまで寝かせたものが好きなのだ。全体として、かたいものだけはごめんなのだけれど、それ以外は、わたしの知っているだれよりも、料理の仕方などにはこだわらないし、なんでも平気なのである。そんなわけで、とにかくふつうの感覚とは反対に、魚の場合でも、新鮮すぎるとか、身がしまりすぎているなどと思うことがままある。これは別に、歯が悪いせいではない。わたしの歯は、最近こそ、年のせいで、なんとなく悪くなりはじめたものの、今までは、ずっとすばらしくじょうぶだったのである。なにしろ、子供のころに、朝と食事の前後には、ナプキンで歯をみがく癖をつけたのだから。

神様から、生命を少しずつ差し引かれている人間は、主の恵みに浴しているのであって、これこそ、老年を迎えての、唯一の恩恵ではないのか。最期の死が訪れても、それは、それだけ希薄にして、苦痛も少ないものと思われる――その死は、もはや人間の半分、いや四分の一ぐらいしか殺さないのではないのか。ほら、こうして今も、わたしの歯が一本、なんの苦痛も苦労もなしに抜け落ちたところだ。その歯は、自然の寿命をまっとうしたのである。わたしという存在の、その部分も、また別のたくさんの部分も、すでに死んでいるのだし、精力旺盛だったころには首位を占めていた、いちばん活発な部分にしても、半分死にかけている。こうしてわたしは崩れ落ちて、自分から流れ出していく。すでにこれほど進行している落下現象なのに、それをまるで、全体がいっきょに墜落するように感じてしまうとしたら、わが理性とは、なんとおろかなものであることか。いや、そうなってほしくはない。

実のところ、わたしは、自分の死が正しく、自然な死だと思い、今後、運命に対して、特別のはからいを求めたり、期待するとしても、それは不正なものにきまっているなどと考えて、大いになぐさめられているのだ。昔の人間は、その体格がもっと大きかったけれど、それと同じで、寿命も長かったと思われているが、それはまちがいである。古代の人であるソロンは、人間の寿命は最長でも七〇歳としているではないか。なにごとにつけ、その昔の「中庸こそ最高なり《アリストン・メトロン》」(92)というモットーを、これほどに愛し、中庸こそは、もっとも完璧な程度だと考えているわたしが、途方もない、度はずれた長寿を望むはずがない。自然の流れにさからうものは、すべて不快であるかもしれないが、自然にしたがうものは、つねに心地よいにちがいないのだ。《自然にしたがっておこることは、善のなかに数えられるべき》(キケロ『老年について』)なのである。だからこそプラトンも、けがや病気による死は激烈なものだが、老年によって導かれて、死にとらえられるのは、死のなかでも、もっとも軽く、いくらかは甘美なものでもあるといっている。(93)《若者からは暴力が、そして老人からは成熟が、いのちを奪う》(キケロ『老年について』)のである。

死というものは、いたるところで、われわれの生とまじりあっている。生の日暮れが、死の時間に先行して、われわれの成長発展の流れのなかにさえ入りこんでいる。わたしには、二五歳と三五歳のときという、二枚の肖像画がある。この肖像画を、最近描いてもらったものと比較すると、わたしは、どれほどわたしでなくなってしまっていることか。わたしの姿が、どれほど若いころの姿からは遠ざかってしまい、むしろ死の姿に近づいていることか。自然をこんなに遠くまでむりやり引っぱってきて、ついてくるのに疲れさせてしまい、「もう案内はやめて、お別れします。あなたの目も、歯も、足も、なにもかも置いていきます。ですから残りは、どこか、よそに頼んで助けてもらってください」といわせ、結局のところ、医学という人為にゆだねてしまうというのは、あまりに自然をもてあそんでいるとしかいいようがない。

　メロンは別だけれど、わたしは、サラダも果物もそれほど欲しがるわけではない。父は、ソースときたらどれも大嫌いだったが、このわたしはみんな好きだ。食べすぎると気持ちわるくなるとはいえ、どの食べ物の性質が、自分の体にわるいのかは、まだはっきりわからない。また同様に、月の満ち欠けとか、春とか秋といった季節の影響といったものも、自分では気づかない。もっとも、われわれの体内には、不安定で、よくわからない動きがあるらしい。たとえば、ホースラディッシュなど、最初はうまいと思ったものの、その後いやになってしまい、また最近になって好きになった。いろいろな食べ物について、どうもわたしの胃や味覚は、こんなふうに次々と変わるみたいだ。ワインの好みも、白からうすい赤《クレレ》へ変わり、そしてうすい赤《クレレ》から白へと戻った。魚が大好物だから、精進潔斎の日が謝肉の日みたいなものだし、断食の日が祭りの日みたいなものなのだ。肉より魚のほうが消化がいいといわれることを、わたしは信じている。魚を食べる日に、肉食するのは気がとがめるのと同じく、わたしの味覚は、肉と魚をまぜることをいやがる。両者は、あまりにもかけ離れているように思われるのだ。

ずいぶん若いころから、ときどき食事を抜かすことがあったが、ひとつには、翌日の食欲を刺激するためだった。エピクロスは、つましい食事でも快楽が得られるように慣らすため、断食したり、節食したという(94)。わたしは逆であって、快楽をうまく用立てられるようにしこみ、たくさんの食事を、楽しくいただけるようにしたわけである。また、肉体のいとなみや、精神のいとなみの活力を維持しようとして、食事を抜いたこともある。というのも、わたしの場合、満腹すると、肉体も精神もひどくだらけてしまうのだ。それになによりも、あの健康で、陽気な女神ヴィーナスと、消化不良で、げっぷばかり出て、酒の毒気にあてられてむくんでしまった、あのちびのバッカスが、くんずほぐれつするというのは、あほらしくて大嫌いなのだ。また、胃の調子を元にもどすために、食事を抜くときもあるし、適当な相手がいないから、食事をしないこともある。さっきのエピクロスの言にもあるが、なにを食べるかよりも、だれと食べるのかに気を配る必要がある。だからわたしは、ペリアンドロスの宴に呼ばれても、他の招待客がだれなのかを教えてもらうまで、出席を約束しなかったというキロンの態度を賞賛する(95)。会食することほど、楽しい料理はないのだし、そこからにじみ出てくるほど、うまいソースはないのだから。

少量をゆっくり食べ、しかも何度も食べるほうが、健康にいいと思う。とはいえ、食欲とか空腹にも、その価値を認めてやりたいから、医師の処方にしたがって、一日に三、四回のしみったれた食事を強いられるなんていうのは、楽しくもなんともないにちがいない。それに、たとえ今日の朝、もりもりと食欲がわいていても、夕食のときもそうだと、だれが保証してくれるというのだ。なんといっても、われわれは老人なのだから、手近なチャンスをしっかりつかもうではないか。将来のことや予想なんかは、暦でも作る人間にまかせておけばいい(96)。

わたしが健康であることの最高の成果とは、快楽にある。目の前に、かつて知ったる快楽が現れたなら、それにしがみつこう。断食という掟を後生大事に守るなんてごめんだ。ある生活様式を自分に役立たせようとするのなら、それをずっと続けるのは避けたほうがいい。そのことでこり固まってしまって、活力が弱まってしまうからだ。半年もすれば、胃もそれになじんで、あなたの御利益《ごりやく》といえば、それ以外のことをすると害になるだけで、結局は自由をなくしただけなんていうことになりかねない。

わたしは、冬にも、夏と同じように、絹の長靴下をはくだけで、特別に足をおおったりはしない。風邪をひいたときにはあたまを、結石のときはおなかを暖かくした。ところが病気のほうが、数日のうちに慣れっこになってしまって、このありきたりの手当をみくだすようになる。そこでわたしは、帽子から頭巾に、縁なし帽から裏つきの帽子へと段階をあがっていった。上着にいれたパッドも、もはやただの飾りになってしまったし、ウサギの毛皮やワシの羽毛をつけて、キャロット帽でもかぶらないと、どうにもならないのだ。だがこの調子でぐんぐんいったら、それこそきりがない。だから、もうこんなことはしないつもりだし、もしできるなら、最初の対処法だって取り消したいくらいだ。あなたが、また別のところが具合わるくなったとしよう。今の対処法では、からだがそれに慣れきっていて、役にたちはしない。別のやりかたを見つけないといけない。――こうして、きゅうくつな食餌療法にからめとられ、それに盲従している人は、身を滅ぼす。次々と、対症療法が必要になってしまい、際限がないのだから。

仕事や快楽のためには、昼食を抜いて、その一日を中断するようなことはせず、古代の人々がしていたように、仕事がおわってから、くつろいだ気分でおいしく食べるほうが、よほど調子がいい。以前は、わたしもそうしていたけれど、その後、経験によって、むしろ昼食をとるほうが健康にいいし、目覚めているときのほうが消化もいいことを知ったのである。

わたしは健康のときも、病気のときも、のどが渇くことはあまりない。病気のときには、よく口が渇くけれど、のどが渇くわけではない。ふつうは、食事中、それも食事がずいぶん進んでから、のどが渇いて、水を飲むことになる。ただし、ふつうの体つきの人間としては、かなり飲むのではないか。夏場で、おいしい食事が出たときなどは、きっかり三杯だけ飲んだというアウグストゥス(97)の限界を越えるだけではすまず、四は縁起がわるいから、そこでやめてはいけないというデモクリトスの規則を破ってもいけないからと(98)、体が欲するならば五杯まで飲んだりする。四分の三リットルばかりになろうか。というのも、わたしは小さなコップが気に入っていて、人は不作法だとしてしないけれど、それを何度も飲み干すのが好きなのだ。

わたしはほとんどいつも、ワインを割って飲む——水を半分までにすることもあるし、三分の一にしておくこともある。家にいれば、父の医者が父のために命じていた習慣——医者本人もそうしていたのだが——にしたがって、自分の分は、食卓に出す二、三時間前に、つまりは酒蔵から出したときから、そのようにこしらえておかせる。アテナイ人の王クラナオスがワインを水で割る習慣の創始者だといわれるけれど、これが有益かどうかの議論を目にしたことがある。[99] わたしは、子供は一六歳とか一八歳すぎでなければ、酒は飲まないのが品もいいし、健康にもいいと思っている。もっともありふれた、ふつうの生き方こそ、最高のものなのであって、特殊なやりかたは、どれも避けるべきだと思われる。だからわたしは、ドイツ人がワインを水で割るのも、[100] フランス人が生《き》で飲むのも好きになれない。このような事柄については、世間の習慣が掟なのである。

わたしはよどんだ空気がいやで、煙などは必死で逃げてまわるくちだ——家で、さっそく修理したのも、暖炉と便所だったが、これは古い建物にはつきものの欠陥で、たえがたいのだ。また、夏の暑さのなかを一日中、もうもうと立ちこめるほこりに埋もれていなければいけないことを、いくさにおける困難さのひとつに数えている。ただし、わたしの場合、呼吸はずいぶんと楽に、自由にできるから、風邪をひいても、肺がやられてぜいぜいいうこともまずないし、咳も出ないですんでしまう。

わたしにとって大敵なのは、冬のきびしさよりも、むしろ夏のきびしさである。というのも、暑さにやられると、寒さにやられたときより、回復もおそいし、直射日光であたまががんがんするのだ。それにわたしは、まぶしいと、すぐ目をやられてしまう。このごろでは、赤々と燃える暖炉の火を前にして、すわって食事するなんていうこともできない。今よりよほど読書の習慣があったころは、白い紙のまぶしさをやわらげるために、書物の上にガラスを一枚のせていたりしたものだが、それでずいぶんと楽になった。もっとも、これまで眼鏡を使ったことはない。昔と同じに、ほかの人と同じように、遠くまで見えるのだ。そうはいっても、日暮れどきになると、字を読むにも目がかすむし、おとろえを感じるようになった。わたしは読書といういとなみにより目を酷使してきたのだったが、特に夜の読書がいけなかった。

そう、ほとんど感じられないほどとはいっても、一歩後退したのである。こうしてさらに一歩、二歩から三歩、三歩から四歩と、少しずつ、少しずつ後退していくだろうから、視力のおとろえや老化を感じないうちに、すっかり目が見えなくなっているにちがいない。かくして運命の三女神パルカエは、われわれの生命の糸を、たくみに紡いでいくのだ。また同様に、あまり信じたくはないけれど、耳も遠くなりかけているような気がする。だから、ひょっとすると、耳がなかば聞こえないくせに、話しかけてきた相手に声が小さいなどと文句をいうわたしの姿を、お見せするはめになるかもしれない。われわれの精神に対して、それがどのようにして尽きていくかをきちんと実感させるためには、精神をしっかりと張りつめさせておかなければいけない。

わたしの歩き方は、はやく、確実なものだ。精神と肉体のうちで、ひとつところにひきとめておくのが、はたしてどちらが大変なのか、わからないほどなのだ。説教のあいだじゅう、わたしの注意を引きつけておける説教者がいれば、まさにわが友だちといえよう。だれもがあれほどかしこまり、ご婦人方は視線ひとつ動かさないでいるかたくるしい場所で、このわたしは、体のどこかの部分が勝手な動きをするのをくい止められたことがない。すわっていても、落ちついていられないのだ。哲学者クリュシッポスは小間使いに、「だんなさまは、足しか酔わないのでございますね」といわれたという[101]。彼には、どんな姿勢のときでも足をぶらぶらさせる癖があったから、ほかの仲間が酔っぱらって乱れても、彼はふだんと少しも変わらなかったので、こういったのだ。わたしの場合も、子供のころから、足に狂気がとりついているとか、水銀が入っているなどといわれても不思議ではなかった。足をどこにおいたとしても、とにかく、いつのまにか落ち着きなく、びくびくと動いてしまったのだ。

それにしても、わたしのようにがつがつ食べるというのは、健康にもよくないし、食べる楽しみをそこなうばかりか、はしたない。早食いだから、舌をよくかむし、ときには指をかむこともある。このような食べ方をする少年と出会ったディオゲネスは、その家庭教師にびんたをくらわせたという[102]。また、その昔のローマには、上品に歩くことを教えるだけではなく、上品にものをかむことを教える人間がいたという。[103] わたしはあせって食べるから、話をする暇がない――会話とは、その場にふさわしく、愉快で、短いものであるならば、食卓にとても甘美な風味を添えるものであるのに。

われわれの快楽のあいだには、しっとやねたみがあって、快楽どうしが衝突して、じゃましあっている。アルキビアデスは、楽しく食事することをわきまえた人間であったが、心地よい会話が乱されてはいけないからと、食卓から音楽さえも追い出したという。その理由について、プラトンは、アルキビアデスが「知性のある人々は、気のきいた議論や、楽しい会話をして、おたがいに座をもりあげることができるけれど、民衆はそれができないから、宴会に楽士やら歌手を呼ぶのだ」と述べていたと伝えている。[104] またウァロによれば、宴会には、りっぱな外見で、楽しい会話ができて、無口でもおしゃべりでもない人が集まること、その場所も食事も、清潔で、洗練されていること、そして天気がいいことが必要だという。[105] 食卓できちんともてなすというのは、少なからぬ技巧を要するところの、楽しみの多い宴《うたげ》なのである。偉大な将軍も、偉大な哲学者も、そうした経験をつみ、きちんとわきまえることを拒んだりしなかった。わたしの心には、そうした三つの宴会が、思い出としてきざみこまれている。それは、わたしの全盛時代の、さまざまな時期に開かれたもので、運命は、すばらしい喜びをもたらしてくれたのだった。というのも、会食者は、そのときどきの心身の調子のよさに応じて、最高の魅力や楽しみを持ち寄るからだ。だが現在の状態は、わたしを、そうしたものからしめだしてしまった。
わたしは、足が地についたやりかたを信条としているから、肉体の鍛錬を敵視し、軽蔑するような、あの非人間的な英知を憎んでいる。人間の本性にもとづく快楽をいやいや享受するのは、それに執着しすぎるのと同じく、正しいこととは思えない。人間としてあらゆる快楽に包まれながらも、「なにか新しい快楽を見つけた者にはほうびをとらすぞ」といったクセルクセス〔ペルシアの王〕は、おろか者なのだ[106]。だが、自然がわざわざ見つけてくれた快楽までも排除するというのは、これまた、それに劣らぬおろか者というしかない。

そうした快楽は、追いかけてもいけないし、逃げてもいけない――それを受け入れなくてはいけないのだ。わたしなどは、そうした快楽を、にこにこしながら、ずいぶん気前よく受けいれて、そうした自然の傾きのほうに進んでいくがままに任せている。快楽のむなしさは強調するまでもなく、十分に感じられるし、明らかなものとなっているが、それは、まるで自己嫌悪のように、そうした快楽を忌みきらわせるところの、われわれの病んだ精神という、じつにしらけたもののせいなのだ。この精神は、その満足することのない、きまぐれで変わりやすい性質に応じて、自分ばかりか、自分が受け取るすべてを、あるときは歓迎し、あるときはじゃけんにあつかう。

容器が清潔でなければ、なにを入れてもすっぱくなってしまう。（ホラティウス『書簡詩集』）

人生の楽しみを、これほど熱心に、また個人的に抱きかかえて愛していることを、自負しているこのわたしではあるが、実際にこまかく眺めてみると、そこにはほとんど凪しか見つからないのだ。でも、それがどうだというのか。われわれは、全身これ凪みたいなものではないか。おまけにその凪だって、われわれよりもよほど賢くて、ざわめき、立ち騒ぐことを好んでいるのであって、自分の役割にきちんと満足して、安定とか、堅実さといった、自分に縁のない性質を高望みすることなどしないではないか。

純粋に想像力に由来する快楽は、クリトラオスの天秤(107)が示すように、想像力による苦痛とともに、もっとも大きなものだといわれるが、このことは驚くにはあたらない。想像力とは、快楽や苦痛を、自分の好きなように作りあげて、全部の生地を使って、それを裁断するわけなのだから。わたしは毎日のように、そうしたとんでもない実例やら、あるいはたぶん、望ましい実例を見ている。でも、わたしなどは混じりものの、粗雑なできの人間であるからして、想像力だけによる、このとても単純な対象に、完全に食らいつくことなどできなくて、かならず、人間存在の定めである、現前する快楽の方に、ずるずると引きずられてしまうのだ。快楽というのは、知性で感じられるし、感性で了解できるものなのである(108)。

キュレネ派の哲学者たちは、肉体的な快楽や苦痛というのは、心身双方にかかわるものであって、より公平なものであるだけに、もっとも強力なものなのだと考えている。アリストテレスがいうところの、どうしようもない感受性の欠如によって、肉体的な快楽をいみきらう人もいるし、[109]野心から、そのようにしている人だって、わたしは知っている。だが、そうした連中は、なぜ、いっそのこと呼吸することもやめないのか。なぜ、自分の手持ちのものだけで生きようとしないのか。ただで、なんの工夫も努力もいらない光を、なぜこばまないのか。ためしに、この連中を、ウェヌスやケレスやバッカスではなくて、マルスとか、パラスとか、メルクリウスに養わせてみるがいい。[110]彼らは、妻の上に乗っかっているときも、円積問題[111]を解こうとするのではないのか。

わたしは、体が食卓にあるのに、心を雲の上にもっていけなどと命じられるのは、ごめんこうむりたい。いや別に、心が食卓にくぎ付けになったり、そこで寝そべっていればいいなどと思っているのではなくて、要するに、食事に専念させてやりたいのだ。そこに横たわるのではなく、すわらせてやりたいのだ。アリスティッポスは、まるでわれわれには精神がないように考えて、肉体しか擁護しなかったし、片やゼノンは、われわれには肉体などないかのごとく、精神だけを取り入れた。[112]ふたりとも、まちがっているのだ。ピュタゴラスは、純粋な瞑想としての哲学を、ソクラテスは、生活習慣や行為としての哲学を求め、そしてプラトンが、この両者の中庸に哲学を究めようとしたといわれる。[113]でもこれは、話をおもしろくしようとしてのことにすぎず、真の中庸はソクラテスのうちに見いだされる。そしてプラトンは、ピュタゴラス的というよりも、ソクラテス的なのであって、このほうが彼にはふさわしい。

わたしは踊るときは踊るし、眠るときは眠るのだ。(114) いや、ひとりで美しい果樹園かなんかを散策しているときだって、ふと上の空になって、別のことに気をとられたりする時間もあるけれど、それ以外は、わが思考を、この散策に、果樹園に、ひとりでいることの幸福に、そしてわたし自身に連れもどしている。自然は、われわれに必要だとして、さまざまな行為を命じると、それが快楽にみちたものであるようにと、まるで母親のように、しっかり見守ってくれたのだ。そして理性だけではなく、欲望によって、われわれをそうした行為へといざなうのであって、こうした自然の定めにそむくのはまちがっている。

カエサルやアレクサンドロスは、その大仕事のさなかに、肉体的快楽という人間的なものを十分に味わっているけれど、わたしは、これが精神をたるませるなどとはいわない。むしろ逆であって、その強靱な意志により、猛烈な仕事や、苦しい思いを押さえこんで、日常生活の習慣を優先させてしまうというのは、精神を毅然とさせることであるにちがいない。日常生活の習慣こそが通常の仕事であって、もうひとつを異常な仕事と考えていたとするならば、彼らは賢者というべきだろう。

それにしてもわれわれは大変な愚か者なのである。だって、「彼は人生を無為にすごした」とか、「今日はなにもしなかった」などというではないか。とんでもないいいぐさだ。あなたは生きてきたではないか。それこそが、あなたの仕事の基本であるばかりか、もっとも輝かしい仕事なのに。「もっと大きな仕事でもまかせてくれたら、自分の能力のほどを発揮できたのに」だって？　あなたは生活のことに思いをめぐらせて、それをうまく導いたではないか。それだけでも、きわめつけの大仕事を成就したことになるのである。自然というものは、そのすがたを見せ、働きをおこなうのに、運命の力は必要としない。人生のどの段階でも、自然は立ち現れる――幕があろうとなかろうと、同じように。

「自分の暮らし方を作りあげることができた」ですって？　ならば、書物を作った人々よりもりっぱなことをなしとげたのですよ。「ほっと一息つくことができた」ですって？　ならば、帝国や都市の数々を占領した人々よりも、たくさんのことをしたのです。人間にとっての名誉ある傑作とは、適切な生き方をすることにほかならない。統治すること、蓄財すること、家などを建てることといった、それ以外のすべては、せいぜいが、ちっぽけな付属物とか添え物にすぎないのである。

軍の将軍かなんかが、まもなく攻撃をしかけるつもりの、城の突破口かなんかの下で、友人たちとともに、心から食事を楽しみ、自由闊達に談笑しているのを見ると、わたしなど、うれしくなってしまう。あるいは、天も地も、こぞってブルートゥスとローマの自由とを倒そうと共謀しているようなときに、当のブルートゥスが、夜の巡回の時間を少しばかり盗んで、悠揚としてポリュビオスを読み、注釈をほどこしている姿を見るのも、同じこと(115)。目の前のことがらの重圧に埋もれてしまい、そうしたごたごたから、すっきりと抜け出て、そんなことなどほったらかしにして、あとでまた取り上げるということができないとしたら、それは小心者というしかない。

わたしとともに、いくたびか、最悪の運命をたえてきた勇士たちよ、今こそ酒で憂さを追い払え。あすはふたたび、大海原にこぎ出す身なれば。（ホラティウス『オード』）

冗談でなのか、まじめにいってるのかは知らないが、「神学の酒」とか「ソルボンヌの酒」ということわざにまでなるほど、神学者連中の饗宴は有名だけれど(116)、大学での仕事に、午前中を有効かつ熱心に使ったのだから、それだけ楽しく、快適に昼食をすごすのは当然だと思う。時間をきちんと使ったのだという意識こそ、食事の際にうってつけの、味わい深い薬味なのである。賢者たちも、このようにして生きてきた。われわれを驚かせる、あの大カトーと小カトーの、美徳に対する精進と、執拗ともいえる厳格な気質でさえ、ウェヌスやバッカスの掟という、人間のありようへの支配に対しては、おとなしく、しかも喜んでしたがったのである(117)。つまり、完全なる賢者は、人生のほかの義務と同じく、自然の快楽を習慣とすることもわきまえて、それに精通していなくてはならないという、彼らの派の教えにならったのだ。《ものがわかる心の持ち主は、味覚もわきまえてなくてはいけない》（キケロ『善と悪の究極について』）ということなのである。

のんびりしていて、気さくであることは、強く、寛大な心の持ち主にとっては、きわめて名誉でもあるし、よりふさわしいことであるように思われる。エパミノンダスは、町の若者たちのダンスに加わり、歌ったり、楽器をひいたりして、思いきり熱中することが、自分の輝かしい勝利の栄光や、自分の完璧な品行にもとるものだとは考えなかった。(118) また、神の血筋を受けているのではと思われても当然の、あの大スキピオの、感嘆すべきふるまいの数々を思い出してもいい。海辺に行けば、まるで子供のように無邪気に、のんびりと、貝殻を拾ったり、選んだりすることに興じ、ラエリウスと拾い物競争をしたというけれど、これほど、彼の魅力を示すものはない。(119) しかも天気が悪ければ悪いで、彼は、人間のもっと低俗なふるまいを喜劇仕立てに書いてみせてはおもしろがったのだし、アフリカのハンニバルを攻略するという驚くべき計画のことで頭がいっぱいであっても、シチリアの学校を訪問して哲学の講義に出たりして、ついには、むやみやたらとスキピオをねたむローマの政敵たちに、攻撃の口実を与えたりもしたのであったが、これまた魅力のうちといえる。

ソクラテスの場合も、ずいぶん年をとってから、暇をみてはダンスや楽器を教わり、時間をうまく使ったものだと思ったというが、この上なくすばらしいことではないか。(120) このソクラテス、ある深遠なる考えにとりつかれて、心を奪われ、ギリシアの全軍の前で、まる一昼夜、恍惚として立ちつくしていたという。また、敵中に倒れたアルキビアデスを見て、多くの勇士が居ならぶ軍隊のなかから真っ先にアルキビアデスを助けに走り、自分の身を楯にして彼を守り、武器をがむしゃらにふるって、群《むら》がる敵のなかから救い出したこともあるし、デリオンの戦いでは、落馬したクセノフォンを助け起こしている。(121) 三十人僭主たちの命令を受けた衛兵の手で刑場に連行されていくテラメネス(122)の姿を見て、なんと恥ずべき光景なのだと、アテナイ市民とともに憤慨し、テラメネスを助けようとして先頭に立って出ていった。おまけに、ソクラテスにしたがう者が二名しかいなかったというのに、テラメネス本人にいさめられるまで、この無謀ともいえるくわだてをあきらめようとしなかったという。

このソクラテスも、心を奪われていた美青年に、いざ迫られると、きびしく自制した。(123) 戦場においては、たえず歩き、はだしで氷を踏みしだき、夏も冬も同じ服で通し、その忍耐力において仲間をしのいだ。饗宴のときにも、ふだんと同じものを食べたという。二七年間も変わることのない態度を持ちつづけ、飢えと貧しさにたえ、手に負えぬ子供たちや、妻のひっかき傷にもたえたのだ。最後には、中傷と、暴政と、投獄と、鉄鎖と、毒薬とを、たえしのんだのである。

ところがこの人は、つき合いで、酒の飲みくらべに誘われたときなど、軍のなかでいちばん強かったという。しかも、子供たちといっしょにクルミの実をはじいて遊んだり、棒馬遊びをするのをことわるどころか、よろこんで走りまわった。というのも、哲学でいうように、すべての行為は、どれも等しく賢者にふさわしいものであって、名誉となるのである。手だてはあるのだから、ソクラテスという人物像を、完璧さなるものの、あらゆる形姿とひきくらべてみることを、飽くことなくおこなうべきなのだ(124)。充実した、純粋な生き方の実例といっても、ごくわずかしか存在しない。ただひとつの習慣にもほとんど役立たない、弱く、不完全な実例ばかり、いくら毎日示したとしても、まともに教えられるわけがない。そんなことでは、われわれを後戻りさせるだけだし、矯正するよりも、堕落させてしまう。

世間の人々はまちがっている。道の端を歩くというのは、そこが境界線となって、足も止まり、道しるべともなるのだから、広々とした道のまんなかを歩くよりは、よほど楽なのである。また、自然のままよりは、技巧にしたがって進むほうが楽なのだ。しかしそうしたことは同時に、高貴ではないし、感心できないということなのである。魂の偉大さとは、高みにのぼったり、前に進んだりすることよりも、むしろ、自分の場所にいて、境界線を守ることにある。それは、十分なものならば、それで偉大なのだと考えるし、傑出したものよりも中庸を愛することによって、崇高さを示すのだ(125)。人間としての義務をわきまえてふるまうことほど、美しく、正しいことはないのだし、この人生に、しっかり対処して生きていくことほど、むずかしい学問はない。われわれの悪癖のうちでもっとも野蛮なものは、自分という存在をないがしろにすることだ。体の調子がわるいときに、それを心に感染させないために、隔離したいというのなら、思いきってやるがいい。でも、それ以外は反対であって、精神が肉体を助け、力を貸すようにすべきであって、自然な快楽に加わるのをこばむことなく、むしろ夫婦みたいにおたがいに楽しむべきなのだ。そのようにしても、精神がより賢明ならば、無分別さのせいで快楽に苦痛がいりまじることのないように、節制がもたらされるにちがいない。

不節制は快楽をほろぼす疫病だけれど、節制は、快楽をほろぼすわざわいというよりも、むしろ、快楽の薬味なのである。快楽こそ最高の善であると考えたエウドクソスと、快楽を非常に高く買っていた仲間たちは、節制をもちいて、快楽をもっとも甘美なかたちで味わったというが、彼らの節制は、卓越した、模範的なものであった(126)。わたしは、わが心に対して、苦痛も快楽も、同じように規律ある、確固としたまなざしで見ることを命じている。なぜならば、《喜びで心がふくれあがるのは、悲しみで心がしぼむのと同じく、悪いこと》(キケロ『トゥスクルム荘対談集』)なのだから。ただし、苦痛は陽気に見つめ、快楽は厳しく見つめて、心が力を貸せるかぎり、苦痛をへらし、快楽を拡張するよう気を配るのだと命じている。

幸福を正確に見つめることは、結果として、不幸を正確に見つめることにもなる。それに苦痛は、その穏やかな初期の段階には、なにかしらやむをえない部分があるものの、快楽が極限に達した場合には、避けることができる部分がかならずある。プラトンはこの両者をいっしょにして、苦痛とたたかうことも、快楽という、人をたらしこむ、飽くことなき誘惑とたたかうことも、ともに勇気のつとめだとしている[127]。苦痛と快楽というのは、いわばふたつの泉なのであって、都市にせよ、人間にせよ、はたまた動物にせよ、いつ、どちらの泉から、どれほど汲み出すのかをしっかりわきまえているならば、とても幸福な存在といえる。最初のものは、薬として、必要に応じて、ちびりちびりと飲む必要がある。そして二番目のものは、のどが渇いたときに飲むわけだけれど、酔っぱらうまでいかないようにする必要がある。この苦痛と快楽、そして愛と憎しみは、子供が最初に感じるものであって、あとから生じてくる理性としっかり結びついた場合に、徳となるわけである。

わたしは、まったく自分専用の辞書をもっている。「時《タン》」や「天気《タン》」がわるくて、不快なときには、この「時」をパスするけれど、好機ならばパスしようなどとは思わないで、それをもう一度さわって、しっかりつかんでおく。わるい「時」は駆け抜け、いい「時」にはじっくり腰をすえなくてはいけない。「ひまつぶし《パス・タン》」とか「時をすごす《パセ・ル・タン》」とかいった、ふつうに使われている表現は、あの抜け目ない人々の習慣を示している。彼らは、人生を流れるにまかせ、逃れ、やりすごし、避けて、そうできるかぎりは、まるで気苦労ばかりで、唾棄すべきもののように、無視して、逃げることほど、割のいい生き方はないと思っているのだから。

だがわたしは、人生はそんなものではないと知っているし、わたしが今つかまっている、この最後の局面においてさえ、人生とは尊重にあたいする、楽しいものだとわかっている。自然は、これほど有利な状況までともなわせて、人生をわれわれに手渡してくれたわけなのだから、もしもこれが重荷となったり、役立つことなく逃れ去ったりしても、自分に文句をいうしかないのだ。《楽しみもなく、不安ばかりで、先のことばかりを考えているようなのは、愚か者の人生というしかない》（セネカ『書簡集』、エピクロスのことば）のである。したがってわたしは、思い残すことなくいのちを失えるように、きちんと覚悟を決めている——それも、つらく、あいにくのことなどではなくて、ことの本質から当然失われるべきものとして覚悟している。それにまた、死ぬことを不愉快に思わないというのは、生きることが好きな人間にこそふさわしいのである。人生を楽しむには、それなりのやりくりというものがあって、わたしなどは人の倍、人生を享受している。というのも、楽しみの度合いなるものは、それに対する熱心さ次第でもあるのだ。とりわけ最近など、残り時間が少ないことがわかっているから、そこに重みをかけることで人生を拡張したいと思っている。手早くつかまえて、はかなく逃れていく生をなんとか引き止めたいのだし、生があわただしく流れていってしまうというのなら、それを力強く味わってうめあわせるしかないと感じている。人生の持ち分が短くなれば、それに応じて、生を深く、充実したものにしなくてはいけない。

ほかの人々も、人生に満足し、うまく生活できているというよろこびを感じている。わたしだって彼らと同じように思っているけれども、すべるようにして、通りすがりに、そう感じているのではない。そうではなくて、われわれに生を授けてくださった方に、それにふさわしい感謝を捧げるためにも、人生について深く検討し、これを味わい、反芻することが、わたしには求められている。人々は、ほかの快楽にしても、まるで眠りと同じように、意識せずに楽しんでいる。わたしなどは、睡眠でさえ、こんなふうにして気づかないうちに逃げていかれてはいやだから、眠りというものをちらりと眺めるためには、だれかに眠りをじゃましてもらうのもわるくないとまで考えたことがある。

どのような満足についても、わたしは自分に相談してみるし、うわべだけをかすめとるようなことはせずに、深くさぐりを入れてみる。そして、陰気で、気むずかしくなった理性が、それを迎え入れるようにするのだ。わたしがなにかしら落ちついた状態だとしようか？　そしてなにかの快楽にくすぐられたとでもしようか？　よろしい。そうなったらわたしは、その快楽を感覚にだけ味わわせておくことなどせずに、わが精神も仲間入りさせる。でもそれは、精神がそれにのめりこむようにということではなくて、楽しんでもらうためだし、快楽に自分を見失うためではなくて、自分を見つけてほしいからなのである。精神のほうも、こうしたしあわせな状態の自分の姿をながめて、この幸福の重さをはかり、価値をみつもって、快楽をいやますことになる。こうすることで、良心も、さまざまの内面的な情熱も落ちついていられるし、肉体もごく自然な状態にあって、あの甘美で、心地よい機能を、整然と、適切に楽しんでいられることで、どれほど神に感謝すべきなのかを思い知ることになる――神は、その裁きにより、苦痛を与えてわれわれを打擲《ちょうちゃく》するものの、その慈悲の心から、こうした機能も与えて、うめあわせてくださるのだ。また精神がどこに視線を投げても、周囲の空はじつに静かであって、それを乱すような欲望や、おそれや、疑いはいっさいなく、おまけに、そこに想像力を及ぼすならば悩まずにはいられない、過去の、現在の、未来のやっかいなことがらがなにもないような状態にいられることが、どれほどたいせつなことかわかる。

こうした意識は、わたしの状況を、それとは異なる状況と比較してみれば、いっそう引き立つことになる。そこでわたしは、運命や、自分のあやまちに押し流されて、嵐に翻弄されている人々とか、あるいはわたしにもっと近くて、幸運を、いかにももの憂げに、漫然と受けいれている人々といった、さまざまな光景を思い描いてみる。彼らこそ、まさに自分の時間をパスしてしまい、現在を、そして自分が所有しているものを飛び越えてしまって、希望の奴隷になりさがり、空想によって目の前に浮かび上がる影や、むなしい幻影を求めているのではないのか。

まるで、死んだあとも飛びまわるという亡霊のように、そして、まどろんでいる感覚をあざむく夢のように。（ウェルギリウス『アエネイス』）

そうした幻影は、追いかければ追いかけるほど、足早に、遠くまで逃げていく。なんといっても、彼らが追いかける目的や成果は、追いかけること自体なのだから。アレクサンドロスが、「自分が働くのは、働くためなのだ[128]」といったのと同じであって、《なにかすることが残っているうちは、まるでなにもしなかったように思いこんでしまう》（ルカヌス『ファルサリア』、カエサルについて）にちがいない。

ではわたしはどうかというなら、人生を愛しているし、神様が授けてくださったままの人生を耕している。食べたり飲んだりする欲求などないほうがよかったなどと、願いはしない。逆に、そうした欲求が倍になればよかったのにと望んだとしたら、これまた許せる罪というふうにはならないと思っている。《賢者とは、自然のめぐみを探索することにもっとも熱心》（セネカ『書簡集』）なのだから、エピメニデスが食欲をおさえて、生きながらえるために使ったという、あの薬[129]を少しばかり口に入れるだけで体力が維持できたらいいなとも思わないし、子供なんか、指やかかとから苦痛もなにも感じないで生まれてくればいいのにとも思わない。いや、こういってはなんだけれど、むしろ快感を味わいながら、指やかかとから生まれてくればいいのになどと思ってしまうのだ。つまり、肉体が欲望や快感を感じなくていいなどとは思わないのであって、そうした不平不満は恩知らずだし、よこしまなものにすぎない。自然がわたしのためにしてくれたことを、わたしは心から、感謝をこめて、受けとるのであり、このことをよろこび、わが身を祝福するのだ。自然という、偉大にして、全能の贈与者からのめぐみを拒否し、破棄し、すがたかたちをねじ曲げるのは、まちがいである。自然はすべて善なのであって、ことごとく善をなす。《自然にしたがうところのものは、すべて尊重にあたいする》（キケロ『善と悪の究極について』）のである。

哲学の所説にはいろいろとあるけれど、わたしが心からわがものにしたいのは、もっとも実質のあるもの、つまり、もっとも人間的で、われわれにふさわしいものである。わたしの考え方《ディスクール》は、その生き方と同じで、卑俗にして、つましいものにすぎない。そんなわたしにいわせれば、哲学はまったく子供じみているのだ。というのも、哲学者ときたら、えばりくさって、「神聖なものと世俗的なものを、理性的なものと非理性的なものを、厳しさと甘さとを、名誉と不名誉とを結びつけるのは、いかにも野蛮な組み合わせだ」とか、「快楽とは動物に似合いの特質だから、賢者が味わうにはあたいしない。賢者が、若くて美しい妻から引き出すただひとつの快楽とは、秩序正しいふるまいをするのだという、良心のよろこびなのだ。馬に乗るときに乗馬靴をはいて役立たせるのと同じである」などと説教するのだから。こうした哲学を奉じている御仁《ごじん》は、妻をはじめて抱くときにも、哲学のお勉強以上にがんばることなく、それこそ精力も精液も出してはいけないことにでもすればいい。

そもそも哲学の師にして、われわれの師でもあるソクラテスは、そのようなことはいわなかったし、当然のことながら、肉体的快楽を評価しているのだ。ただし、より多くの力と、堅固さと、しなやかさと、多様性と品位を有するものとして、精神的な快楽のほうを優先している。ソクラテスによれば、精神的快楽は、たったひとりでぐんぐん進んでいくことはないけれど――彼はそれほど気まぐれには考えない――、いつでも先頭を歩いていくのだ。彼にとって節制とは、快楽を調整するものなのであって、快楽の敵なのではない。

自然はやさしい案内人である。だが、賢明さとか公正さを欠いてまで、やさしいわけではない。したがって、《自然そのものに深く入っていき、自然がなにを求めているのかをみきわめる必要がある》（キケロ『善と悪の究極について』）。そこで、わたしは自然の足跡をいたるところに探し求める。われわれが、人為という足跡でこれを踏みあらして、わからなくしてしまったのだ。おかげで、自然つまり本性のままに生きるのだというアカデメイア派やペリパトス派（逍遥派）の、あの最高善も、定義したり説明するのがむずかしくなってしまった。また、これと近い、本性に即して生きるという、ストア派の善にしても同様だ。必要不可欠な行為だという理由だけで、いくつかの行為の価値をおとしめるのは、まちがっていると思う。快楽と必要性の結婚とは、きわめてお似合いなものであって、そうした思いをわたしの頭から追い払おうとしても無理な話なのだ——昔のある人がいっているように、神々はいつだって必要性なるものと気脈を通じているのである(130)。これほどぴったりと、兄弟のように、しっくりとつながった建物を、いったいなんの目的があって、ばらばらに分解してしてしまうのか。そんなことよりもむしろ、快楽と必要性がおたがいに相手に尽くすようにすることで、両者のよりをもどしてあげようではないか。精神が、重い肉体を目覚めさせて、活性化し、肉体が、軽い精神にストップをかけて、落ちつかせるようにしようではないか。《精神の本性を最高の善だとして賞賛し、肉体の本性を悪だとして非難する者は、本当は、肉体的に精神を求め、肉欲ゆえに肉体をさけているのだ。というのも、これは神の真理からではなく、人間のむなしさによって感じられることなのである》(アウグスティヌス『神の国』)。

神がわれわれにしてくださった贈り物には、われわれの配慮にあたいしないものなど、ひとつもありはしない。髪の毛一本にいたるまで、しっかり尊重しなくてはいけない。人間をその存在にふさわしく導くことは、単なる形式的なつとめではなく、明白にして、きわめて自然な、重要な仕事にほかならない。創造者は、真剣かつおごそかな気持ちで、この仕事を人間に与えたもうた。凡庸なる知性には、権威だけが力をもち、おまけに外国語でいったほうが、よけい権威があるともいうから、ここでは、かさにかかっていわせていただく。《するべきことを、だらだらと、不承不承におこない、精神をこちらへ、肉体をあちらへと、別の方向に押しやって、まったく正反対の動きのあいだで引き裂くようなことをするのが、まさに愚かさの特性なのだと、だれでもいうのではないだろうか》（セネカ『書簡集』）と。

というわけで、ものはためし、いつでもいいから、そのためならばおいしい食事のことも忘れるし、食べる時間など惜しくてしかたないほど頭のなかがいっぱいだという人に、つれづれなる思いについて、しゃべらせてみるがいい。するとどうだろう、彼がその心と交わしている、うるわしき話題なるものときたら、あなたの食卓のどの料理とくらべたところで、これほど風味に欠けるものはないとわかるにちがいない——いやはやたいていは、そんなものに一生懸命耳をかたむけて夜を徹するよりは、ぐっすり眠ってしまうほうがましなのだから。そんな人の話や考え方は、あなたがつくるシチューにも及ばない。たとえそれが、アルキメデスを有頂天にさせたようなものだとしても、それがどうしたというのだ(131)。

ここでは、熱烈な信仰心や宗教心によって、たえず神々《こうごう》しいことがらについてまじめに瞑想する境地に達している、あの尊敬すべき心の人々のことにはふれない。われわれのような子供のごとき人間や、われわれの気をそぞろにする、むなしい欲望や考えと、彼らの敬うべき心とをまぜこぜにしたくはない。彼らは、強くはげしい希望という力のおかげで、キリスト教徒の欲望のうちの、最終目標であり、終着点でもあって、ただひとつ常に変わらぬ、不朽の快楽である、永遠の糧《かて》を享受できるのだと、あらかじめわかっているから、われわれみたいに、つかの間の、不確かで、つましい幸福に身をゆだねるようなことはせず、一時的に感覚を満足させる糧に気を配ったり、享受するといったことがらは、あっさりと肉体のほうに任せてしまっている。が、彼らがおこなっているのは、いってみれば特権的な思考なのだ。ところが、われわれのあいだで、このわたしがつねづね見てきたものといえば、天よりも高い考え方と、地面より低い生き方との、奇妙な一致なのであった。

あの偉大なアイソポスは、自分の先生が散歩しながら小用をたしているのを見て、「たいへんだぞ、ぼくたちは走りながらうんこをしなくちゃいけないのかな」と叫んだという(132)。時間をじょうずに使おうではないか。まだまだ、ひまで、無為にすごしてしまう時間がたくさん残っているのだから。われわれの精神というのは、用をたすのに必要なごく短い時間ぐらい、肉体からわざわざ離れなくても、仕事をこなす時間はたっぷりあるなんていうふうには思いたがらないものらしい。人々は、われを忘れたい、人間であることから逃げ出したいと願っている。でも、そんなことはもってのほかだ。天使に変身しようとしても、けものに変身してしまう(133)――高く舞い上がるかわりに、どさっと倒れこむのが落ちなのである。あの超越的な考え方というのが、わたしには高い場所のようにこわくて、近づきがたい。ソクラテスの生涯なんかでも、彼が恍惚状態になったり、霊（ダイモン）にとりつかれたりしたことは、わたしにはどうにも納得がいかないのだ。またプラトンでも、彼が神のようだと称されたところの理由ほど、人間的なものはないのにとも思ってしまうのである。

われわれの学問のなかでも、もっとも高くまでのぼったものが、もっとも地上的で、低俗なものであるように思われる。アレクサンドロスの生涯のうちでも、彼が自分を神のような不滅の存在にしようと考えたことほど、卑しく、凡俗なものはないと思う。フィロタスは、これに対して、冗談めかして王を非難した。手紙を送り、ユピテル神アモンが、神託によりアレクサンドロスを神々の列に加えたことをご同慶のいたりですと祝福してから、「あなたのこととしては、わたしはとてもうれしいのです。ですが、人民は嘆いております。人間という尺度では満足できず、それを超越してしまった人とともに暮らし、その人にしたがわなければいけないのですからね」と述べたという。(134) 《神よりも身を低くしてふるまうからこそ、おまえは世界を支配できる》（ホラティウス『オード』）ということにちがいない。

となれば、ポンペイウスがアテナイに入城したときに、これをたたえて市民たちが彫ったという、《あなたは、自分が人間であることを認めているから、ますます神とされるのです》（プルタルコス『対比列伝』「ポンペイウス」）という高貴な文言などが、わたしの感覚とぴったり合致する。

自分の存在を、正しく享受することができるというのは、ほとんど神のような、絶対的な完成なのだ。われわれは、自分自身のありようをいかに使いこなすのかわからないから、他の存在を探し求めるのだし、自分の内側を知らないために、自分の外側に出ようとする。でも、そうした竹馬に乗ってもどうにもならない。竹馬に乗ったとて、どっちみち自分の足で歩かなければいけないではないか。いや、世界でいちばん高い玉座の上にあがったとしても、われわれはやはり、自分のお尻の上にすわるしかない。

もっともすばらしい生活とは、わたしが思うに、ありふれた、人間的なかたちに、ぴったり合ったもの、秩序はあるけれど、奇蹟とか、逸脱や過剰はないようなものである。とはいっても、老年期は、少しばかりやさしく扱っていただく必要がある。そこで、健康と、陽気で気さくな知恵の守り神であるアポロンの神に、老人の生活のことをくれぐれもお願いしておきたい。

ラトナの息子アポロンよ、わたしが手にしている幸福を、健康のうちに享受できますように。そしてまた、見苦しく、琴をひくこともできないような老年をすごすことがないように、心からお願いいたします。（ホラティウス『オード』）

ミシェル・ド・モンテーニュの『エセー』第三巻、ここに終わる。

（第三巻一三章）

（1）cf.「人間はだれでも、自然に、知りたいという欲望をもっている」（アリストテレス『形而上学』冒頭）。

（2）マニリウス『アストロノミカ』。ローマ時代に書かれた占星術書。フランドルのユマニストのユストス・リプシウス『政治学』からの孫引き。

（3）エラスムス『格言集』「卵もこれほどは似ず」からか。ただし、キケロ『アカデミカ』では、デルフォイではなくデロス島とある。

（4）ユスティニアヌス帝の命令で、ローマ法大全の編纂を指揮した法学者トリボニアヌスのことかと。こうした批判は、フランソワ・オトマン『反トリボニアヌスあるいは法律論』（一五六七年）など、一六世紀にしばしばなされていた。ラブレーも『第三の書』四四章で、法律を細切れにした張本人として、トリボニアヌスを風刺している。

またパスカルは、このあたりの記述をとりあげて、懐疑主義者モンテーニュを批判する（『ド・サシ氏との対話』）。

（5）文明化以前の、人類の最初の時代。ギリシア人は、人類の歴史を金・銀・銅・鉄の四つの時代に区分していた。

（6）スペイン王フェルナンド五世であろう。cf. ジャン・ボダン『国家論』、ギヨーム・ブーシェ『夜の集い』。

（7）プラトン『国家』四〇五。

（8）ウルピアヌスは、ローマの法学者。バルトルス（バルトーロ）とバルドゥス（バルド）は、一四世紀イタリアの「後期注釈学派」の法学者で、ヨーロッパ中に大きな影響を与えたが、批判するユマニストも多かった。

（9）エラスムス『格言集』が出典だとされるが、エラスムスが紹介したのは、Mus picem gustans「松ヤニを味見したハツカネズミ」で、「羹《あつもの》に懲りてなますを吹く」に近いことわざ。

（10）原典にもとづく、山本光雄訳『イソップ寓話集』岩波文庫、「腹のへった犬たち」では、河に「獣の皮」が浮いていることになっている。プルタルコス『モラリア』「ストア派に反論するための共有概念」は、この寓話に、からまわりした情熱の象徴を読みとっている。

（11）ディオゲネス・ラエルティオス『ギリシア哲学者列伝』「ヘラクレイトス」。

（12）デルフォイの神託のこと。アポロンは、いつもなぞめいたかたちで告げた。

（13）「われわれは、巨人に肩車された小人にすぎない。われわれの方が古代人より多くが見えるし、遠くまで見渡せる」（シャルトルのベルナルドゥス）という、中世から続く紋切り型。

（14）cf.「信仰上、どこか特別なものをもたない都市はまれである。彼らはマルティン・ルターを頭と仰ぎ、その権威に服しておりながら、なおかつマルティンの著作の意味を解釈するにあたっては、いろいろと議論をたたかわせている」（『旅日記』「リンダウ」、関根秀雄・齋藤広信訳、白水社）。

（15）プラトン『メノン』の登場人物で、名門出身の青年。

（16）プルタルコス『モラリア』「友人が多いことについて」からの、自由な引用。

（17）アウグスティヌス『神の国』二一・八。

（18）プルタルコス『モラリア』「古王名言集」では、フィリッポスが居眠りして、変な判決をくだしてしまい抗議を受けるのがきっかけ。

（19）プルタルコス『モラリア』「国事を司る人々への教え」より。テッサリアのイアソンのことばという。

（20）プルタルコス『モラリア』「神の裁きはなぜ、ときとして悪事の処罰を延ばすのか」。

(21) プルタルコス『モラリア』「ストア派哲学に反駁する」。キュレネ派とは、北アフリカのキュレネ出身のアリスティッポスが始めた、快楽主義の一派。
(22) 同じくキュレネ派の哲学者で、「無神論のテオドロス」と呼ばれた。
(23) プルタルコス『対比列伝』「アルキビアデス伝」。シチリアに亡命したとき、「実の母親のいうことだって信じない」と述べたという。
(24) この部分は「ボルドー本」への加筆。メンドーサ『シナ大王国誌』仏訳が一五八八年に刊行されており、これを読んだものとされる。
(25) モンテーニュは一五八八年七月、旧教同盟（リーグ）の手で、バスチーユ牢獄に投獄されたが、カトリーヌ・ド・メディシスが、旧教同盟の首領ギーズ公アンリに抗議して、即日釈放された。したがって、このくだりは、この事件以前に執筆されたものとも推定されている。
(26) 一五八八年版では「プラトン」となっているが、「ボルドー本」で「キケロ」と訂正したもの。
(27) クセノフォン『ソクラテスの思い出』。
(28) プラトン『メノン』八〇。メノンとのやりとりで、ソクラテスがいう。
(29) クセノフォン『ソクラテスの思い出』。
(30) プルタルコス『モラリア』「兄弟のような友情について」。
(31) 後述のように、議論で負けたことを念頭に置いている。
(32) ディオゲネス・ラエルティオス『ギリシア哲学者列伝』「アンティステネス」。
(33) cf.「人間というものは、全身がくまなくつぎはぎだらけの、まだら模様の存在にすぎない」（第二巻二〇章「われわれはなにも純粋には味わわない」本書七五ページ）。
(34) モンテーニュの知己でもあるフランス王、アンリ四世のことではないかとする説もある。

(35) プラトン『ゴルギアス』で、ソクラテスのことば。
(36) フランス語には、「肥やしのうえの雄鶏（犬）のように大胆だ」ということわざがある。
(37) タキトゥス『年代記』より。ただしそこでは「三〇歳」とあるという。
(38) クセノフォン『ソクラテスの思い出』。
(39) プラトン『国家』第三巻・四〇八。ただしソクラテスは、裁判官の場合は、そうではいけないというふうに議論を運んでいく。
(40) キルケは、遍歴途上のオデュッセウスが出会った魔女で、客人を魔法薬をまぜた食事でもてなして、豚に変えていた。
(41) モンテーニュは一五八〇年一〇月、この町に数日間滞在している。『旅日記』を参照のこと。
(42) セネカ『書簡集』九〇。
(43) プルタルコス『モラリア』「おべっか使いと友人とをいかに見わけるのか」。エウエノスはソクラテス時代の詩人。
(44) アウルス・ゲリウスは『アッティカの夜』、マクロビウスは『サテュルナリア』を著す。いずれも、雑多な集成だが重宝された。
(45) ミシェル・ド・ヴァスコザンは、パリの有力書籍商。大物のユマニスト書籍商ジョス・バードの女婿となって、実質的に跡を継ぎ、「国王付き印刷業者」ともなっている。このヴァスコザンの娘、ジャンヌと結婚して後継者となったのがフレデリック・モレル。モンテーニュは、亡き親友ラ・ボエシーの作品集を、フレデリック・モレル書店から出版している（一五七一年）。
　クリストフ・プランタンはフランス人だが、アントウェルペンに移住して、ヨーロッパ随一の出版業者となる。その工房は、市立プランタン＝モレトゥス博物館として残っている。

(46) cf. ディオゲネス・ラエルティオス『ギリシア哲学者列伝』「ピュロン」。
(47) 駐スペイン大使をつとめたジャン・ド・ヴィヴォンヌのことだという。
(48) セネカ『書簡集』。
(49) エラスムス『箴言集』。
(50) ともに、セネカ『書簡集』。アッタロスは、セネカの師の哲学者。
(51) 乞食という周縁的な存在も、それなりの職業集団であることに変わりはなく、職掌や身分があった。乞食や浮浪者の物ごいの手口や隠語を紹介した『放浪者の書』は各国語版が上梓されて、乞食文学・悪党文学の核ともなっている。『ラサリーリョ・デ・トルメスの生涯』、ナッシュ『不運な旅人』、あるいは『ティル・オイレンシュピーゲル』や、ヴィヨンが主人公の『無銭飽食』といった作品群である。
(52) プルタルコスによれば、ピュタゴラスのことば。
(53) プルタルコス『対比列伝』「フィロポイメン」。フィロポイメンは、ギリシア、アカイア同盟の将軍。
(54) もっぱら指を使って食べていたということらしい。
(55) マリウスは、ローマの政治家。プルタルコス『モラリア』「怒りをおさえるべきこと」からで、悪いくせとして挙がっている。
(56) cf.「われわれは、夜の明ける三時間前に宿を出た。それほどに殿は、ローマの舗道を見たがっておられたのである。そして殿は、御自分の胃には、夜露が、朝方も晩方もほとんど同じくらいよくないことを発見された。晴れていたのだが、日が出るまで御気分が悪かった」(『旅日記』前掲邦訳、ローマの手前で)。
(57) プルタルコス『対比列伝』「カエサル伝」。
(58) ガスコーニュ人は、陽気であけすけな話しぶり、あるいは大風呂敷で知られていた。
(59) トスカーナの都市。モンテーニュは、結石を治療すべくルッカ郊外の温泉に滞在している。『旅日記』には、栗の木が多く、栗からつくったパンを、「木のパン」と呼んで食べていると記されている。

(60) ペトロニウスのメニッポス風物語『サテュリコン』に出てくる、喜怒哀楽のはげしい女祭司で、幼い頃に犯されたという設定。

(61) 一六世紀スペインの神学者・作家アントニオ・ゲバラの、『黄金書簡集』より。

(62) ジャン・フェルネルは、アンリ二世の侍医をつとめたユマニスト。

ジュール・セザール・スカリジェールは、パドヴァ生まれのユマニストで医者。キケロ派として、エラスムスに反論したほか、アリストテレス『詩学』をラテン語に訳し、古典劇理論の基礎を作ったことでも有名。

(63) プルタルコス『モラリア』「饒舌について」。

(64) キケロ『トゥスクルム荘対談集』。クラントルはアカデメイア派の哲学者。

(65) プルタルコス『モラリア』「怒りをおさえるべきこと」。クテシフォンは剣術師。

(66) シビラ（シュビレ）は、神託を告げる巫女のこと。クマエのシビラは、何枚もの木の葉に神託を書きつけて、洞窟に隠しておくが、神託を得ようとして洞窟の岩戸をあけると、それらは風でばらばらとなり、意味不明なものになってしまう。

(67) 一五八八年版では、「四〇年」となっていた。

(68) 一五八八年版では、「二四年」となっていた。

(69) 当時の考え方を反映したもの。たとえばアンブロワーズ・パレによれば、結石は、不完全な消化と、腎臓の高熱とがあいまって、引き起こされるという。

(70) プルタルコス『モラリア』「ストア派に反論するための共有概念」。

(71) プラトン『パイドン』。『エセー』第二巻二〇章「われわれはなにも純粋には味わわない」の注（5）と、同じ挿話である。

(72) cf.「十月二十一日、土曜日の朝、もう一つ石を出した。しばらく途中にひっかかっていたが、あまり骨も折れず痛みもなく出た。これはむしろ円形で、硬くて重く、ひどくざらざらして、内側は白く、表面は赤みがかかっていて、普通の穀粒よりはずっと大きかった。そしてその間、始終砂が出た。これで、自然はしばしば自分で体を掃除するということがわかる。そして、自然の一つの流れのように感じたのである。これらの石が、このように何ら激しい痛みもなく、わたしの行動を妨げることもなく出てくれるとは、何と有難いことであろう。神様に御礼を申し上げねばならぬ」(『旅日記』「ルッカ」、前掲邦訳)。

(73) キケロ『老年について』。

(74)「眠っているときは、人はなんの役にも立たない」(プラトン『法律』)。一方で、プラトンは四〇歳をすぎたら、陽気に酔っぱらうのが、むしろ老化を防いでくれるといったことを述べていて、モンテーニュも「酩酊について」(第二巻二章)で、このことに言及している。

(75) プルタルコス『モラリア』「国事を司る人々への教え」、「王は賢くあるべきこと」。

(76) プラトン『国家』。

(77)「ボルドー本」には、「少し前に、五〇歳を六つ越した」と加筆されている。つまり、「そうした年齢」とは、五〇歳をさしていたことになる。なお、モンテーニュの誕生日は、一五三三年二月二八日。

(78) 四日ごとに高熱を発することから、この名前がついた。なお人間には、三日熱マラリア原虫、四日熱マラリア原虫、卵型マラリア原虫、熱帯熱マラリア原虫が感染するという。

(79) ユウェナリス『風刺詩集』。塩分の不足が原因の風土病だったらしい。

(80) カシの木という常緑樹は、マツ(松)などとともに、力や不老不死のシンボルであった。

(81) アッティウスの悲劇『ブルートゥス』。キケロ『占いについて』から引用。

(82) プラトン『ティマイオス』。

(83) キケロが『占いについて』で、ピュタゴラス流のこうした習慣を皮肉に紹介している。なおラブレー『第三の書』一三章では、夢判断に頼ろうとするパニュルジュが、夕食はどうするべきかについて、パンタグリュエルと問答をかわす。
(84) ディオゲネス・ラエルティオス『ギリシア哲学者列伝』「ピュロン」。
(85) アウルス・ゲリウス『アッティカの夜』。そこではファウォリウスが、こうした考えを挙げて批判しているのだから、モンテーニュのかんちがい。
(86) モンテーニュには六女ができたが、次女レオノール以外は、みな早死にしてしまう。
(87) パパシュスという名の村とされる。
(88) 身分ちがいの者が代父・代母をつとめることは、稀ではなかったらしいが、その場合も、農民の子供の洗礼に、領主が代父をつとめるというのがふつうであったらしい。
(89) プルタルコス『対比列伝』「アジスならびにクレオメネス」。
(90) プルタルコス『対比列伝』「フラミニウス」「ピュロス」。
(91) スエトニウス『ローマ皇帝伝』「アウグストゥス」。
(92) cf. ディオゲネス・ラエルティオス『ギリシア哲学者列伝』「クレオブーロス」。ギリシア七賢人のクレオブーロスの銘。
(93) プラトン『ティマイオス』。
(94) セネカ『書簡集』。
(95) プルタルコス『モラリア』「七賢人の饗宴」。ペリアンドロスはコリントスの僭主で、キロンともども七賢人。
(96) 一五九五年版の原文は、Laissons aux faiseurs d'almanachs les espérances et les pronostics. である。したが

って、「あと何年生きられるかとか、病気の予後はどうかといったことは、暦でも作る連中にまかせておこう」と訳すべきかもしれない。マクロコスモス（宇宙）とミクロコスモス（小宇宙としての人間）の照応関係により、星辰は、身体に影響を及ぼすと思われていた。「医学としての占星術」は、ごくふつうのこととされていたのだ。そこで当時の暦には、いつなにを食べるといいといった、医事情報が添えられていたし、実際に、医学者がそうした暦を編むことも多かった。こうしたことが揶揄されているのではないのか。なお「ボルドー本」には、「日誌を問題にするのは暦を作る連中や医者たちにまかせておこう」（荒木昭太郎訳）と加筆されていた。

(97) スエトニウス『ローマ皇帝伝』「アウグストゥス」。

(98) エラスムス『格言集』「五か三なら飲め、四は飲むな」。デモクリトスの意見だとして、プリニウスを引用している。数字の意味の解釈はさまざまらしい。cf. プルタルコス『食卓歓談集』柳沼重剛訳、岩波文庫、「酒の割り方」、アテナイオス『食卓の賢人たち』柳沼重剛訳、岩波文庫、「酒の割り方」。

(99) アテナイオス『食卓の賢人たち』。そこでは、アンフィクティオンが創始者とされている。

(100) モンテーニュは『旅日記』のバーゼルの個所で、ドイツ人はワインを水で割らないが、ワイン自体がそれほど強くないから、もっともな話だと語っている。

(101) ディオゲネス・ラエルティオス『ギリシア哲学者列伝』「クリュシッポス」。

(102) エラスムス『箴言集』、プルタルコス『モラリア』「徳は教えられるものであること」。

(103) セネカ『書簡集』。

(104) プラトン『プロタゴラス』。

(105) アウルス・ゲリウス『アッティカの夜』。ウァロは博学で知られる、ローマの著作家。

(106) キケロ『トゥスクルム荘対談集』。

(107) キケロ『トゥスクルム荘対談集』より。クリトラオスは、ペリパトス派（「逍遥派」とも）の哲学者。精神的な幸福と肉体的な幸福を秤にかけるならば、前者は、大地や海をもしのぐほどに重いと述べた。

(108) 難解な個所。一五九五年版の原文は、Intellectuellement sensibles, sensiblement intellectuels. と独立している。直訳すれば「(快楽は) 知として感じうるし、感覚的に知なのだ」となろうか。

(109) アリストテレス『ニコマコス倫理学』。

(110) ウェヌスは性愛、ケレスは農業・穀物、バッカスは酒の神。マルスは戦争、パラスは技術・音楽、そしてメルクリウスは雄弁・商業の神。

(111) 円積問題とは、円と等面積の正方形を作図する問題で、不可能であることが証明されたのは一九世紀になってから。

(112) この文章は、キケロ『ルクルス』の逐語訳だという。

(113) この部分、アウグスティヌス『神の国』第八巻・四、を敷衍したものだと。

(114) モンテーニュの名文句としてよく引かれる。ここあたりから、いよいよ、『エセー』全体のしめくくりに入っていく。

(115) プルタルコス『対比列伝』「ブルートゥス」。

(116) ラブレーの場合は、「神学者流に飲みました」(『パンタグリュエル』) などと、風刺的な表現をしている。

(117) プルタルコス『対比列伝』「大カトー」「小カトー」。大カトーは「年がいもなく、若い女性と再婚した」、小カトーは、「毎晩酒に酔っぱらっていた」などとある。

(118) ネポス『エパミノンダス』、キケロ『トゥスクルム荘対談集』。なお、モンテーニュもルッカ郊外デラ・ヴィラ温泉で、ダンス・コンテストを主催し、率先して踊っている。

(119) キケロ『弁論家について』。このエピソードは、大スキピオではなく、小スキピオのものとなっている。

この段落、大スキピオと小スキピオの混同がみられる。

(120) クセノフォン『饗宴』。クセノフォンは、ソクラテスの弟子にして軍人。

(121) プラトン『饗宴』。隣国ボイオティアのデリオンで、アテナイ軍は敗退する。

(122) アテナイの政治家。僭主となるも、クリティアスの派と対立し、処刑された。cf. ディオドロス『歴史文庫』。

(123) プラトン『饗宴』の、アルキビアデスとの有名な挿話であろう。アルキビアデスはその美しさゆえに、中世には女性だと思われていた。cf.「おしえてよ、今どこに、どんなところにいるんだい。あのローマの美しい遊女フロラは、アルキピアダは」(ヴィヨン「昔日の美女たちのバラード」、『ヴィヨン詩集成』天沢退二郎訳、白水社)。

(124) cf.「パンタグリュエル王は、あらゆる陽気な完璧さのイデーにして、規範でありまして――いやはや、みなさま酒を愛する方々ならば、このことをお疑いになるはずないと、当方も信じておりますが」(ラブレー『第三の書』五一章)。

(125) セネカ『書簡集』。

(126) ディオゲネス・ラエルティオス『ギリシア哲学者列伝』「エウドクソス」。

(127) プラトン『パイドン』、『法律』。

(128) アッリアノス『アレクサンドロス大王東征記』(大牟田章訳、岩波文庫)。

(129) ニンフからもらったという。cf. ディオゲネス・ラエルティオス『ギリシア哲学者列伝』「エピメニデス」、プルタルコス『モラリア』「七賢人の饗宴」。

(130) プラトン(『プロタゴラス』など)によれば、シモニデスのことばという。

(131) 浴槽で「アルキメデスの原理」を発見して、興奮して、「ヘライカ!」(見つけた)と叫び、裸で町中を走りまわったという言い伝え。
(132) ビザンチンの修道士で、ギリシア文学をラテン語に訳したプラヌデスの『アイソポス伝』より。ルネサンス期に上梓されたアイソポス『寓話』の巻頭には、しばしばこの伝記が添えられていたが、実際はもっと長い挿話だという。
(133) cf.「人間は天使でも、獣《けだもの》でもない。そして不幸なことには、天使のまねをしようとおもうと、獣《けだもの》になってしまう」(パスカル『パンセ』ブランシュヴィック版三五八／ラフュマ版六七八、前掲邦訳)。
(134) クルティウス・ルフス『アレクサンドロス大王伝』。アモン(アメン)は古代エジプトの神で、ギリシアではゼウスと同一視された。アレクサンドロスは神託に恍惚として、以後は自分のことを「ゼウスの息子」と呼ばせたという。フィロタスは、大王の腹心の部下だったが、謀反の罪で処刑される。

あとがき

本書は、モンテーニュの『エセー』から、長短とりまぜて一一章を選んで、翻訳したものである。まず作者の生涯を、簡単にふりかえってみる。

人生を耕す

ミシェル・ド・モンテーニュは一五三三年二月二八日、ボルドーに近いモンテーニュの城館で生まれた。先祖はワインや海産物や染料を扱う豪商であり、曾祖父の代に領地を獲得して貴族となっていた。なお母親アントワネットは、異端追及を逃れてスペインから亡命して改宗したユダヤ人、いわゆる「マラーノ」の血を引いている。モンテーニュの世界市民的な発想は、こうした血筋と無縁でないのかもしれない。

父ピエールは、長男ミシェルを里子に出して、庶民の生活になじませた。里子から戻ると、今度は、家庭教師をつけて、当時の国際語・学問語としてのラテン語を学ばせたというから、かなりの教育パパだ。家庭教師はドイツ人であってフランス語を解さず、二人はラテン語でコミュニケーションした。いまでいう、直接教授法というやつである。やがてミシェルはボルドーの中学校を経て、ボルドー大学、トゥールーズ大学などで研鑽をつみ、パリにも遊学したという。

一五五四年、父ピエールがボルドー市長に選ばれる。名門の御曹司となったミシェルは、新設のペリグー御用金裁判所《クール・デ・ゼード》の判事となり、やがて弱冠二四歳でボルドー高等法院《パルルマン》の裁判官となる。その同僚が、エチエンヌ・ド・ラ・ボエシーであった。高潔な人格と確かな識見を兼ね備えた、この知識人との出会いは運命的なもので、ミシェルはエチエンヌのうちに「もうひとりの自分」を認める。だが悲しいかな、ラ・ボエシーは三〇歳そこそこで流行病に倒れてしまう。この比類なき友情についてモンテーニュは、「彼と付きあった四年間に比べたら、それ以後の人生は暗くて退屈な夜にすぎない」とまで書いている。かけがえのない友との別れによって、生のむなしさを思い知り、生来のメランコリーがつのる。そして三二歳で結婚する。

だが人を傷つけるのがいやで、裁判でも「正義にそむいた」という彼は、裁判官というキャリアが、うとましかった。そこで一五六八年、父親が他界すると、親が敷いたともいえるエリートコースを外れて、自らの道を歩み始める。「他人に自分を貸してやるのはいいとしても、自分を与えるのは自分自身に対してだけだ。自分を質に入れるなんてごめんだ」というモットーを実践するのだ。一五七一年の二月二八日付け——誕生日である——で、ラテン語による引退の辞を書斎に刻みこむ。

満三八歳のミシェル・ド・モンテーニュは、久しい以前から、高等法院での奉公と公務に倦怠しており、まだ元気なうちに、博学な女神たちのふところに引きこもり、静かに平和に残りの人生をすごすことにした。(……)

こうして法曹の世界に別れをつげたモンテーニュ、農園経営のかたわら、書斎での読書と思索に身を捧げる。歴史家リュシアン・フェーヴルが、一六世紀人は「吹きっさらしの人間」だと表現したように、たとえば国王も、しばしば各地を巡幸していた。旅芸人さながらに移動をくりかえし、野営していたのだ。また一歩室内に入っても、プライバシーの観念などほとんど存在しなかった。そんな、あけっぴろげな時代に、モンテーニュは、書斎というプライベートな空間にこもって、自分を基準にしてものを考えてみようとしたのだ。自宅に「自分を隠す場所」をもたない人間はみじめだと、いちはやく指摘している。モンテーニュこそは、書斎人の元祖であるにちがいない。

ところが、皮肉なことに、読書三昧に明け暮れていると、夢想がひとり歩きするばかりで、憂鬱な気分も晴れなかったという。そこで、いっそのこと、読書日録にもとづきながら自分を描いてみようと考えた。その成果が、一五八〇年の『エセー』初版である(自費出版で、第一巻が全五七章、第二巻が全三七章からなる)。

そこにはごくごく短い、メモのごときものもあれば、新大陸のインディオの文化を論じて、「よき野蛮人」を「自然」という観念により弁護し、逆に戦争にあけくれるヨーロッパを「野蛮」だと非難した、画期をなす文章もあるし（「食人種について」）、さらには懐疑論を押し進めた、あの長大な「レーモン・スボン弁護」――「ク・セ・ジュ？」（わたしはなにを知っているのか）は、ここに出てくる――にいたるまで、さまざまな文章が収められる。

こうして精神の危機をエクリチュールによって乗り越えたモンテーニュ、今度は馬上の人となる。旅こそは最良の休息というわけで、腎臓結石の治療をかねて、ドイツからイタリアにかけての大旅行を決行するのだ。医学に厳しいまなざしを注ぐ彼も、温泉療法は例外で、すでに国内の湯治場をあちこち訪れていた。このひとは、温泉めぐりの元祖なのでもある。その『旅日記』には、南の国の温泉めぐりのありさまが興趣豊かに描かれている。たとえば、タルコフスキーの映画『ノスタルジア』の舞台となった、トスカーナ地方ヴィニョーニの湯治場なども訪れている。ところが一五八一年の秋、父親に続いて、今度は自分がボルドー市長に選ばれてしまい、イタリア周遊を中断して帰郷する。

穏健なカトリックとしてのモンテーニュは、市長として、この混乱の時期にずいぶんと奔走している。新教徒のアンリ・ド・ナヴァール（後のアンリ四世）とも親交があり、カトリックとプロテスタントが激しく対立を続けている時期にあって、かっこうの仲介役なのでもあった。ナヴァール王はモンテーニュの城館を訪問し、モンテーニュのベッドに寝たという（『家事日記』に記述あり）。

とはいえモンテーニュ、けっして名誉や権力欲にかられて政治の世界に首をつっこんだわけではない。「名誉と精神的な安らぎは同居できない」と考えるのだ。だから市長となっても自己を失うことはない。仕事とは役者のようなもので、りっぱに演じることは重要だ、でも皮膚とシャツとはちがうぞ、心のなかまで白塗りにするなんぞ愚の骨頂だというのである。

そこで市長職を二期つとめて退くと、『エセー』第三巻の執筆にとりかかる。「人間はだれでも、人間としての存在の完全なかたちをそなえている」（第三巻二章「後悔について」本書八七ページ）というように、個としての人間のありようそのものが、世界と連なるものだとして、大きく主題を展開していく。自分を肯定し、いわば普遍的な存在としての自己を描くことによって、人生を耕していくのである。この『ミシェル・ド・モンテーニュ殿のエセー』（第三巻の全一三章が加わり、全体で一〇七章となった）がパリで刊行されたのが、一五八八年である。翌年ナヴァール王がフランス国王アンリ四世として即位すると、政界への復帰を要請されるも、それを固辞して、『エセー』への加筆訂正を続けたが、一五九二年九月一三日に他界する。五九年の生涯であった。

ふんわりとした魅力

さて、このミシェル・ド・モンテーニュの『エセー』だけれど、その魅力をうまく語るのは、なかなかにむずかしく、拙訳をお読みいただくのが早道だ。各章の冒頭で、モチーフが提示される。それが「わたしはこう思う」という体裁のこともあるし、故事逸話を引き、古典のコメンテーターらしきふるまいを見せることもある。でも、いずれにしても、いつのまにか話題が「わたし」のほうに接近していき、モチーフが奏でられたりしながらも、少しずつ横滑りしていって、その章が終わる。たいていの章は、こんな感じであって、一見したところ、ご本人もいうように、「わたしのとりとめのない夢想の結果」(第二巻一〇章「さまざまの書物について」本書四〇ページ)がならんでいるにすぎない。でも、そうした「おおざっぱに示された」考察を読みながら、読者があれこれ夢想をめぐらせるのに最高の書物、それが『エセー』だと思う。そういえば、モンテーニュはよく「エチュード」ということばを使う。手元のコンコルダンスで調べたら、九一回も使っている。これは勉強という意味もあるけれど、それよりは、思索したり、反省したり、あることに精神を集中したりするニュアンスが強い。彼にとって、人間存在は、しょせん未完成なものであって、欠点をあげつらえばきりがない。そのなかで、あれこれ「エチュード」していくことが人間存在の証明だというのであろう。有名な一節がある。

わたしは、人は行動して、人生のつとめをできるだけ引きのばせばいいのにと思う。また、死ぬことや、ましてや、自分の未完成の菜園のことなどは気にかけずに、ひたすらキャベツを植えているところに、死が訪れればいいと思う。(第一巻二〇章「哲学するとは、死に方を学ぶこと」)

こうやって、ひたすらキャベツを植えること、これが彼の「エチュード」であるにちがいない。だが『エセー』という「ずれた寄木《よせぎ》細工《ざいく》」、実際はもう少し手がこんでいる。この文章の前に、《死ぬときは、行為のさなかであってほしい》というオウィディウスからの引用があって、発句の役目をはたしているけれども、それは『恋愛詩集』からの引用であり、「行為」とは性愛を意味していたのだ。

性愛からキャベツ愛への移行、こうした遊びの要素というか、意味のずらしこそ、『エセー』を読むおもしろさといえる。「わたしの想像力《ファンテジイ》は、遠くでつながっているのです」という信念を、作者はみごとに実践している。有名な文章ばかりだから、古典の引用については、出典はあえて省きましたなどと、モンテーニュはすまし顔でことわりを入れているが、実は、こうした仕掛けをカムフラージュする意図も働いている。ともあれ、卑俗さと英知とが、いつの間にか渾然一体をなすというのも、『エセー』の大きな魅力だといえる。

ただし、パスカルなどは、こう反発する。

モンテーニュの欠陥は大きい。みだらなことば。グルネー嬢がなんと言おうと、これは全く価値がない。（中略）享楽的な気持ちは許すことができる。（中略）しかし、彼の死に対する全く異教的な気持ちは許すことができない。（中略）彼は、その著書全体を通じて、だらしなくふんわりと死ぬことばかり考えている。（パスカル『パンセ』ブランシュヴィック版六三／ラフュマ版六八〇、前田陽一・由木康訳、中公文庫）

「だらしなく《ラッシュマン》、ふんわりと《モルマン》死ぬ」ではいけないのだろうか？　読者のみなさまに、お考えいただくしかない。ともかく、とりとめのなさというか、ややたががゆるんだようなところが、わたしなどにとっては、『エセー』のすばらしさだと映るのだ。しかも、このとりとめのなさが、読後、煙のように消えてしまうような性質のものかといえば、そんなことはない。いくつかの核のようなものが、読者の心の深いところに確実に宿る。そしてそれが、あるとき、ふっと浮かんできて、ああ、あの個所、どんな調子だったっけなどと思って、また読み直してみる気になるのだ。したがって、わたしからすると、モンテーニュは研究対象にはなりようのない作家、ひたすら拾い読みをして愉しむ存在なのである。

このように日常の、卑俗なことがらがあれやこれやとならんでいて、ふんわりとした人生の指針みたいなものとなっているといった意味で、モンテーニュがプルタルコスを理想として、しばしば引き合いに出したのはよく理解できる。おまけに、いくら楽屋落ち的な部分が多く、ユニークだとはいえ、偉い人の伝記にはちがいない『対比列伝』よりも、「宴会の幹事はだれがいいか」とか、「借金はなぜしちゃいかんのか」――ラブレーが借用した文章――などなど、まあ雑多な主題について考察した『モラリア（倫理論集）』から、たくさんねたを仕入れているのがうれしい。学者の研究によると、『対比列伝』からの借用が一四〇であるのに対して、『モラリア』からの借用は二五八回にも及ぶというのだから。

ラブレーにも大きな影響をおよぼしたプルタルコスの『モラリア』、ヴェネツィアに招かれたエラスムスが、アルドゥス・マヌティウス書店で、ギリシア語原典の最初の刊本の校訂にあたったことは有名であろう。モンテーニュは、ギリシア語はさして解さなかったらしく、ジャック・アミヨのフランス語訳（一五七二年）で読んでいる。そして、後世のわれわれは、『モラリア』と『エセー』をかわるがわる読むという愉しみを味わうことができる。河野與一・柳沼重剛という碩学による、いくつかの翻訳しかなかった『モラリア』の全訳が、現在進行中であることも、ぜひ書き添えておきたい(*)。

いっぽう、エラスムスの『格言集』を愛読していたくせに、モンテーニュが『対話集』をほとんど活用していないのは不思議に思えてくる。プラトンの対話篇をフィチーノによるラテン語訳で読んで、ひとつの理想としていたモンテーニュなのだから、エラスムス『対話集』への反応を披露してくれていたならばと、ないものねだりをしてしまうのだ。

(*) 河野與一著『プルターク『倫理論集』の話』岩波書店。柳沼重剛訳『饒舌について』『似て非なる友について』『愛をめぐる対話』『食卓歓談集』『エジプト神イシスとオシリスの伝説について』岩波文庫。『モラリア』の全訳は、《西洋古典叢書》京都大学学術出版会。すでに四巻ほど上梓されている。

底本の問題

一五八八年、モンテーニュは第三巻を含む『エセー』を出版すべく、パリにおもむいた。そこで出会ったのが、『エセー』の熱烈な愛読者であった若きグルネー嬢(一五六六—一六四五年)にほかならない。両人はただちに意気投合し、この年の夏、モンテーニュはピカルディ地方の彼女の屋敷に長逗留している。ふたりして『エセー』を朗読する姿が目に浮かぶようだ。

城館に戻ったモンテーニュ、手元の一五八八年版に補訂をおこなう（この手沢本は「ボルドー本」EBと呼ばれて、現在ボルドー市立図書館に所蔵されている）。やがて作者の死後、グルネー嬢が、『エセー』新版を編むことになる。そこでモンテーニュ未亡人が、加筆・訂正のなされた一五八八年版をパリに送付する。ところが、これは「ボルドー本」ではない。このあたりの具体的な事情は不明なのだが、モンテーニュの友人ピエール・ド・ブラックが、「ボルドー本」における補訂や、モンテーニュが残したメモなどを、別の刊本に転記したのではと推測されている。いや、「ボルドー本」自体、決定版用の備忘録にすぎず、モンテーニュ手ずから、別の一五八八年版への清書作業を始めていたのではという説も存在する。

いずれにせよ、「ボルドー本」とは別のテクスト――グルネー嬢は「この写し《コピー》」と書いている――が、パリに送られた。そしてこの底本にもとづいて、一五九五年版が刊行される。版元は、一五八八年版と同じく、パリのアベル・ランジュリエ書店で、一〇年間の「特認」――「著作権」の前身である――の日付は、一五九四年一〇月一五日となっている。

グルネー嬢の「序文」によれば、たくさんの直しがあって、判読にも苦労したし、「まちがった解釈や、転記ミスや、脱落がないようにするのが大変でした」という。そして彼女は、「著者の家にある、もうひとつの写し《コピー》も証人として召喚することもできるかもしれません。でも、著者に対するわたしの配慮は、どなたもお疑いにはならないものと、信じております」と、編集に全力をつくしたことを強調している。この「もうひとつの写し《コピー》」が、「ボルドー本」かと思われる。

一五九五年版の上梓後ほどなく、グルネー嬢はモンテーニュの館に招かれて、なんと一四か月も滞在する。このとき初めて、自分が編集したエディションと、モンテーニュの手沢本を実際に比較検討できたものと推測される。そこで一五九五年版に自筆の訂正をほどこすと、ユマニストのリプシウスやアントウェルペンの大印刷業者プランタン＝モレトゥスに送付する。事実、アントウェルペンのプランタン＝モレトゥス博物館には、グルネー嬢の直しが入った『エセー』が所蔵されている。その後も、彼女は『エセー』の改訂版に力を注ぐわけであって、その誠意と情熱は疑いようのないものといえる。

こうして、これ以後、『エセー』の刊本は、基本的にグルネー嬢のエディションにもとづいてきた。たとえばパスカルが愛読した一六五二年版にしても、グルネー嬢がリシュリューに捧げた一六三五年版の重版にほかならない。

ところが一九世紀後半から、状況が一変する。「ボルドー本」と、グルネー嬢版との比較検討が進んで、両者のあいだに微妙なずれがあることが次第に明らかになった。「ボルドー本」とグルネー嬢版のどちらが、著者モンテーニュの最終的な意志を反映しているのかをめぐり、ヘゲモニー争いが演じられたけれど、なんといっても自筆の「底本」が残っていない一五九五年版は、最終的な説得力を欠いた。やがて地元ボルドー市が、『エセー』決定版を計画し、テクスト校訂をボルドー大学助教授ストロウスキに依頼する。ストロウスキは、モンテーニュ未亡人、ピエール・ド・ブラック、そしてグルネー嬢が、転記ミスや、勝手な改変により、「ボルドー本」をゆがめて、一五九五年版に伝えたという視点を明確に打ち出す。その後、アルマンゴー博士は、グルネー嬢は、「ボルドー本」という「聖典を汚すという罪をおかした」とまでいいきるだろう。盲目の偉大なモンテーニュ学者ヴィレーの版も、こうした流れに棹さしている。

一五九五年版は、「ボルドー本」とは別の手沢本を底本としているのではなく、「ボルドー本」のコピーにもとづいている。このコピーはギュイエンヌ地方でなされて、パリに送付され、そこでグルネー嬢が印刷作業を監督することになる。ところが、最近「ボルドー本」(のファクシミレ)が刊行されて、このコピーが不正確で、随所において、編者たちがテクストの改変をおこなったことを、各人が確認できることとなった。(中略)したがって、われわれが底本とするのは、「ボルドー本」ということになる。(ヴィレーが、一九三〇年版に寄せた序文)

だが、モンテーニュの読者ならごぞんじのように、一八世紀に再発見された「ボルドー本」は、製本の際に端を裁断されていて、モンテーニュの書き込みが一部読めなくなっていた。そこで、「ボルドー本」をベースにしつつ、場合によっては、ちゃっかり一五九五年版も活用させてもらいますというのが、二〇世紀の『エセー』編集の際の一般的な方針となってきたのである。

ところが最近、こうした「ボルドー本」神話に対する反抗の動きが目立つのである。モンテーニュの真筆を絶対視して、やれ誤植だ転記ミスだとめくじらを立てるよりも、一五九五年版を一段階進んだテクストとして受けいれたらどうかというのだ。あるいは、モンテーニュの遺族が「ボルドー本」とは別の「写し《コピー》」をグルネー嬢に送付したのだから、それが原著者の意を反映したテクストなのだと、もっと単純素朴に考えたらどうかというのだ。

こうした状況を受けて、二〇〇一年に、パリ第一〇大学のジャン・セアール教授を中心として、じつに久方ぶりに一五九五年版による『エセー』が刊行された（後出の①）。プレイヤード版の新版も、同様の方針を採用するものとうわさされる。そこで、わたしとしても、どうせ『エセー』を訳すというのならば、従来の邦訳と同じ底本ではなくて、グルネー嬢のエディションから訳したほうが新味があっておもしろいのではと考えてみたのである。

もっとも、専門家ならいざしらず、一般の読者にとっては、ふたつのヴァージョンの差異は大したものではないから、あまり気になさらずに読んでいただいてかまわない。ただし、ひとつだけ困ったことがある。一五九五年版では、従来の版の『エセー』第一巻第一四章「幸福や不幸の味わいは、大部分、われわれの考え方しだいであること」が、なぜか第四〇章に移されている。この移動はモンテーニュの遺志だとして、深い意味を読みとる立場もあるのだけれど、ここではふれない。ともかく、以下、自動的に、従来の一五章＝一五九五年版の一四章、一六章＝一五章、……四〇章＝三九章というふうに、ずれてしまっているのだ。ただし拙訳においては、いちいち両方の章数を併記するとなると煩雑であるから、章数は従来の表記にしたがっておいた。

翻訳にあたって

では、翻訳に際して使用した主なテクストを挙げておく。

①Montaigne, *Les Essais*, éd. réalisée sous la direction de Jean Céard, Le Livre de Poche, «La Pochothèque», 2001. 久しぶりに刊行された、一五九五年版の批評版で、拙訳の底本。文庫版で、価格も手ごろ。

②Montaigne, *Les Essais*, éd. de Pierre Villey, 3 vol., P. U. F., «Quadrige», 1988. おなじみの、ヴィレー＝ソーニエ版という『エセー』の定番。学術論文などは、ほとんどこの版から引用される。

③*Les Essais de Montaigne*, publiés d'après l'exemplaire de Bordeaux par Fortunat Strowski, 5 vol., Bordeaux, Pech, 1906-1933 [réimpr., Georg Olms, 1981]　いわゆる「ボルドー市版」。第四巻が「典拠」、第五巻が「語彙集」で、とても便利。

④*Essais de Montaigne*, reproduction en quadrichromie de l'Exemplaire de Bordeaux, éd. par Philippe Desan, Schena Editore, 2002.「ボルドー本」の、最新の複製技術を駆使したファクシミレ版。約六〇〇部の限定版。ただし編者のドゥサン教授（シカゴ大学）は、一五九五年版の復権を強く願っている。

⑤Montaigne, *Essais*, traduction en français moderne par André Lanly, 3 vol., Honoré Champion, 1989. 現代フランス語への翻訳で、脚注なども添えられている。

⑥Montaigne, *Les Essais*, mis en français moderne par Claude Pinganaud, Arléa, 2002. 現代語訳というよりは、現代綴りに置き換えたバージョンで、フランス語を母語とする人には便利か。

⑦Montaigne, *The Complete Essays*, translated by M. A. Screech, Penguin Books, 1991. ラブレーやエラスムス研究で著名な碩学による、新しい英訳。文庫本なのでおすすめ。

⑧Montaigne, *Saggi*, a cura di Virginio Enrico, 2 vol., Oscar Mondadori, 1986. イタリア語訳だが、お国柄というか、ラテン語の引用にイタリア語訳が添えられておらず、ありがたみがない。
⑨Montaigne, *Journal de voyage*, éd. par François Rigolot, PUF, 1992.『旅日記』のもっとも新しいエディションとして、注目にあたいする。

また、現在入手可能な日本語訳としては、次のものがある。

①モンテーニュ『随想録』関根秀雄訳、全訳縮刷版、白水社、一九九五年。
②モンテーニュ『エセー』原二郎訳、全六巻、岩波文庫、一九六五—一九六七年。全訳である。
③モンテーニュ『エセー』荒木昭太郎訳、全三巻、中公クラシックス、二〇〇二—二〇〇三年。「人間とはなにか」、「思考と表現」、「社会と世界」というふうに、テーマ別に三巻に編んだもの。全体の約六割をカバーしている。
④モンテーニュ『旅日記』関根秀雄・齋藤広信訳、白水社、一九九二年。

最後になったが、翻訳の方針について簡単にふれておきたい。底本は、すでに述べたように、グルネー嬢が編集した一五九五年版にもとづく、ジャン・セアール編「ポショテック版」（二〇〇一年）を用いた。

とにかく読みやすい日本語に移すことをこころがけた。日本語で『エセー』を読み始めても、投げ出す人が案外多いのを知っているからだ。思索の結論を性急に求める読み手が、この「随想」を投げ出すのは、しかたがない。だがこれが「随想」だと思っていても、うまくイメージを描くことができなくて、投げ出してしまうとしたら気の毒である。むろん既訳は、どれもモンテーニュ学者による大変な力作であって、それぞれの個性が発揮されたすぐれたものといえる。ただし、拙訳では、さらにひと工夫してみた。

「ぷつんぷつんと分けて表現した」と御本人も告白しているとはいえ、そのままだと、日本語ではいかにも読みにくいから、「しかしながら」とか、「ところで」とか、まあ、つなぎを補うことから始めて、いくつか新機軸をこころみた。たとえば、ラテン語の引用文は、たいていは、独立して掲げられているのだけれど、日本語にすると、シンタックスのちがいもあり、どうも論旨がわかりにくいこともあるから、そんなときは《　》に入れ、追い込みにした。なお出典は（　）に入れて、後注をひもとくわずらわしさを省いた（この工夫は、既訳でもおこなわれている）。

また原文には、改行がいっさいない。半世紀近く前のラブレーでさえ、たまには改行をほどこしていたのに、モンテーニュは、べたべたと続けていく主義であったらしい。だが、やはりこれでは、非常に読みづらいから、適当に改行して、ページの風通しをよくした（これはヴィレー＝ソーニエ版などでもおこなわれてきている）。最終章「経験について」は、長大な章であることも考えあわせて、ところどころで行をあけてみたし、ほかの章でも、そのように処理した個所がある。階段の踊り場とか、休み時間みたいなものだ。古典を現代によみがえらせるには、ある程度の加工はやむをえない。

逆に、後世の加工処理をはずして、すっきりさせた点もある。従来の版では、(a)は一五八〇年版のテクスト、(b)は一五八八年版の補訂、(c)がその後の補訂というふうにして、『エセー』のテクストを時間軸によって階層化して、モンテーニュの思想の「進化と発展」を明示的にしてきた。それは、「ボルドー本」という、(未完の)手沢本を底本にしたからには、ある程度やむをえない選択といえなくもないが、一般の読者に対しても、そうした進化論的な図式にのっとったテクストが提供されてしまうというのは、どうにも面妖な現象ではないのかと、昔から思っていた。だが、さいわいにも、拙訳は一五九五年版という、ともかくも完成したエディションに依拠したので、(a)(b)(c)という階層化は表示しなかった。

このような工夫をしたとはいっても、わたしはモンテーニュの専門家ではない。モンテーニュに関する雑誌論文などは、あまり読んだことがない身なのであるから、そうした成果を翻訳に反映させるなど、しょせん不可能である。そこで無理して背伸びするのはやめにして、とにかくわかりやすい日本語とすることをめざした。少しは若い世代にも読んでもらいたいという心がけで、翻訳にあたったものの、はたしてうまく日本語にできたかどうか。編集の尾方邦雄さんは、魅力的な新訳だとお世辞を言ってくれたけれど、《ラブレー・モンテーニュ研究フォーラム》の仲間たちからは、どのような評価が待ちうけているだろうか?

二〇〇三年五月

新装版にあたって

シリーズ《大人の本棚》の一冊として『エセー』の抄訳をぜひと頼まれたものの、モンテーニュはむずかしいから困ったなと悩んでいたのが、つい昨日のような気持ちもするけれど、一五年以上も前の話なのである。この抄訳をきっかけに、いつのまにか『エセー』全訳という、途方もなく困難な仕事を手がけることとなってしまい、ラブレーとのかけ持ちであったから、これは身体がもつかなと心配したものの、なんとか訳了にこぎつけた（『エセー』全七巻、白水社、二〇〇五―二〇一六年）。

この間、わたしが底本とした一五九五年版を、プレイヤード版の新版も採用した（二〇〇七年）。もっとも、「ボルドー本」か「一五九五年版」かという対立は、研究者レベルでのことにすぎず、一般読者にとってはあまり関係ない。どちらの版で読んでくれてもかまわない。この『モンテーニュエセー抄』が、今後とも、『エセー』という滋味豊かな一大古典への入口となってくれることを、訳者として祈りたい。

二〇一七年八月

宮下志朗

著者略歴

(Michel Eyquem de Montaigne, 1533-92)

1533年2月28日フランスのボルドーに近いモンテーニュの城館で生まれる．幼時よりラテン語で教育をうけ，大学で研鑽をつんでから，24歳でボルドー高等法院の裁判官となった．32歳で結婚，38歳の誕生日に引退の辞を書斎にきざみこみ，以後は農園経営のかたわら，読書と思索に身をささげる．折々に書きとめた覚え書きを80年に『エセー』二巻として自費出版．翌年にかけてドイツからイタリアにかけて旅行するが，ボルドー市長に選出され帰郷．二期で退き，第三巻を執筆．『ミシェル・ド・モンテーニュ殿のエセー』として88年パリで刊行される．1592年9月13日に没す．

編訳者略歴

宮下志朗〈みやした・しろう〉 1947年，東京生まれ．東京大学・放送大学名誉教授．1990年『本の都市リヨン』（晶文社）で大佛次郎賞受賞．ラブレー，モンテーニュからゾラ，バルザック，都市論まで，幅広くフランスの文学と文化を扱っている．著書『読書の首都パリ』（みすず書房，1998）『パリ歴史探偵』（講談社学術文庫，2020）『本を読むデモクラシー 〈読者大衆〉の出現』（刀水書房，2008）『カラー版 書物史への扉』（岩波書店，2016）『モンテーニュ 人生を旅するための7章』（岩波新書，2019）ほか．ラブレー『ガルガンチュアとパンタグリュエル』（全5巻，ちくま文庫）の訳業により，2013年度の読売文学賞（研究・翻訳部門）を受賞．訳書 モンテーニュ『エセー』（全7巻，白水社），グルニエ『ユリシーズの涙』（2000）『写真の秘密』（2011）『パリはわが町』（2016，以上みすず書房）『書物の宮殿』（岩波書店，2017）『ヴィヨン全詩集』（国書刊行会，2023）ほか多数．

ミシェル・ド・モンテーニュ
モンテーニュ エセー抄
宮下志朗編訳

2003年 6 月25日 初 版第 1 刷発行
2017年 9 月 7 日 新装版第 1 刷発行
2023年12月25日 新装版第 4 刷発行

発行所 株式会社 みすず書房
〒113-0033 東京都文京区本郷 2 丁目 20-7
電話 03-3814-0131(営業) 03-3815-9181(編集)
www.msz.co.jp

本文印刷所 三陽社
扉・表紙・カバー印刷所 リヒトプランニング
製本所 誠製本

ISBN 978-4-622-08655-0
[モンテーニュエセーしょう]